人生活

田邊聖子——著

鄭曉蘭——譯

目次 contents

導讀

神仙的香氣——大阪文學奇花田邊聖子

陳蕙慧

《讓愛靠過來》是田邊聖子家喻戶曉、風靡數個世代少女與熟女的代表作之一——「乃里子三部曲」的首部作品。這個系列，不但在發表之初，因主角職業與性格的設定、敘事節奏的清爽麻利不做作、率先以女性觀點關注女性自身「情欲」與「靈肉關係」而令人驚豔、引起話題，成為大暢銷書，也可說是開啟了「戀愛小說」這個類型創作與閱讀的先河以及奠基之作。

被文壇暱稱為「阿聖」的田邊聖子，一九二八年生於大阪。巧的是，同一時代誕生的另外兩位大家：河野多惠子（一九二六）、山崎豐子（一九二四），也都是大阪商家的女兒（註一），深受關西庶民文化與先進的上方（天皇所在之處，尤指近畿）文化的孕育培養，著作質量等身，都擁有全國性的影響力，被公認是最能代表她們本身所處時代的三大名家。（註二）

三人當中，又以田邊聖子的文學成就最為廣泛多元，所觸及的讀者群之輻射波長最是宏遠。這話怎麼說呢？

山崎記者出身，以書寫挖掘各種社會弊病和重大議題著稱，河野則被公認為繼承了谷崎潤一郎的衣缽，專長於描寫異常性愛主題的文學作品與評論。而「田邊文學」則迥然不同，自成一格，文風輕快、明朗、幽默，巧妙地運用大阪方言中的譬喻與智慧，時而自我解嘲時而搞笑，平易近人，讀來引人會心，而各個栩栩如生的登場人物，更是如同街坊般親近，同時卻又有一種摩登的現代感，開放、自在、灑脫，因而能永遠保持著一抹始終不滅不滅的新鮮感，不管哪個時代讀來，都覺得有趣得不得了。「田邊文學」擁有如此鮮明的特色，這只能說是創作的天才、文體的天才了。

這樣的天才是怎麼誕生的呢？阿聖自承，從少女時代起就同時接觸西洋文化與日本古典文學，自家的照相館總是不時引進關於攝影、關於藝術的最新觀念、技術與工具，而閱讀方面則特別熱愛法國幾位女作家的小說，例如喬治桑、莒哈絲、莎岡，最著迷於柯蕾特，古典文學方面則無論《古事記》、《萬葉集》或《源氏物語》，都是一讀再讀、治癒她敗戰後受創心靈的精神食糧。

雖然台灣讀者還不認識這位在很早以前僅有極少作品引進台灣的偉大作家，但是或許對知名演員妻夫木聰二〇〇五年主演的《Josée、老虎、魚》有點印象？這部全片飄散著莎岡作品風格的電影，原著就是田邊聖子的短篇小說〈Josée、老虎、魚〉（ジョゼと虎と魚たち）。

而受到同是芥川賞得主（註三）宮本輝高度推崇的《新源氏物語》，正是展現田邊聖子在古典文學上的造詣與緊扣現代女性戀愛心理，引發強烈共鳴的傳世大作。自明治以來，以現代語新譯《源氏物語》的知名大作家有好幾位，例如與謝野晶子、谷崎潤一郎、圓地文子、瀨戶內寂聽等等，然而一致公認不僅是以白話翻譯，而是以嶄新的語言重新「創作」出《新源氏物語》的，唯有田邊聖子！

讀到這裡，我們知道，田邊聖子的文學版圖，既有散發濃郁大阪氣息卻又洋溢現代女性主義特質的「戀愛小說」、各種新譯及重新詮釋的古典文學作品，除了在這兩個領域成績斐然之外，還有六本獲得重要文學獎項的評傳小說，書寫的對象包括詩人、作家與謝野晶子、江戶時代表性俳諧詩人一茶、活躍於昭和初期、中期的小說家吉屋信子等；以及最最深入人心、膾炙人口的數千篇珠玉般的隨筆了（註四）。

這為數龐大的隨筆中最廣為人知的便是「咔魔咔大叔」（註五）系列。此一系列設定由田邊聖子夫婿——醫學博士也是開業醫生川野純夫以及作者自身，以形同對口相聲的方式，針對當時的社會百態，例如女性問題、國際和平、經濟危機、教育問題、緋聞醜聞等等，抒發感想、諷刺批評，由於形式親切、觀點新穎、所想所感皆暢所欲言而大受歡迎，欲罷不能，從一九七一年開始在《週刊文春》連載，直到一九八六年為止，前後十五年，並一共出版了十五版單行本！

在現代作家熊井明子的心目中，無論是女性題材的戀愛小說、以古典為基底的文學創作、藝術家評傳，或上述如此貼近生活的隨筆，被譽為「田邊文學」的阿聖的作品，總是在書寫著凡塵現實的各種景況、情事、話題之間，仍隱隱約約透著一襲神仙的香氣。

「阿聖擁有一顆永遠的赤子之心。」

是了。位於兵庫伊丹的阿聖宅邸的會客室裡，擺放著眾多的古董人偶、香水瓶，喜歡乾燥花、忠實的寶塚迷……

「樂天少女要借過！」

這是阿聖一本隨筆集的書名，副標正是「我的履歷」。
我們可以無盡地想像，神仙的香氣，是少女的香氣。

（本文作者爲資深出版人，青空文化出版顧問）

註一：田邊家經營照相館、山崎家是昆布老鋪，而河野家則是香菇店。

註二：特別一提的是，田邊與河野分別於二〇〇八年、二〇一四年，獲頒由天皇親自授與的文化貢獻最高榮譽「文化勳章」。

註三：田邊聖子於一九六四年以《感傷旅行》獲得第五十回芥川賞。

註四：田邊聖子自一九五八年以單行本《花狩》出道至今，共出版單行本兩百五十冊以上。二〇〇四至二〇〇六年間，由集英社企畫整編「田邊聖子全集」，共二十四卷，別卷一卷，收錄約全作品的四分之一。

註五：「咔魔咔」為「カモカ」之音譯。「カモカ」為日本傳說中專噬咬日本嬰兒的妖怪，因咬起來咔茲咔茲聲大作而得到此名號。

私人生活

1

一早醒來，我就感到煩悶。

想到今晚的宴會，讓人覺得好沉重。本來我就不太喜歡中谷家舉辦的宴會。不，不知為何，最近變得好討厭宴會這類活動。

第一、無聊。

第二、讓人腰痠背痛。

第三、沒個像樣的男人。

第四、就算有像樣的男人，愛吃醋的阿剛煩死人了，也沒辦法偷吃。

不過，我也沒打算偷吃。

阿剛睡得好熟。他醒的時候，渾身散發著精明能幹的生意人活力，睡臉卻莫名地惹人疼惜，甚至像個挨罵的小學生。但這種感覺阿剛「超不爽」的。他似乎不想讓人看到「理應如此」的理想形象以外的自己。

也因此，看著阿剛的睡臉，彷彿發現了他的弱點，隨即挪開視線。

「阿剛，你的睡臉像個挨罵的小學生呢。」要是這麼說，他肯定不高興。就算這番話出於讚美也一樣。

「你睡著的時候，表情好像拉肚子的耶穌基督喔。」

有次我這麼說，阿剛卻刻意充耳不聞。我以為他沒聽到，又講了一次。

他隨即露出難以置信的神情，「哪有人說不好笑的笑話，還提醒人家去聽的？」鬧起了脾氣。

我呢，實在不太能理解這種睡相被批評就翻臉的男人。而且分明是覺得很好，才稱讚他的……

看來，若是把打呼之類的錄音下來，可能會遭到一頓毒打。

如果兩人是情侶，一週只見兩、三次那還另當別論。結婚都已經三年了，而且每晚都睡在同間寢室裡，阿剛到現在還是不喜歡有人盯著他的睡相說三道四。

我認為這與阿剛的一流名品嗜好不無關係。舉凡打火機、鋼筆、領帶乃至於鞋子，不將世界知名老店的商品蒐集齊全就渾身不舒服，是個標準的「外貌協會」。結果，阿剛自己卻常趁我睡覺時舔我的鼻頭、捏我的鼻子，取笑我在半夢半醒間皺著一張臉，或在睡意矇矓時發怒。

不過仔細想想，阿剛可能不想在我面前展露楚楚可憐的那一面吧。

「阿剛，你睡覺的樣子好像拿破崙或凱薩大帝喔。有種『王者的嗜好是孤獨』的感覺，好有男子氣概喔。」如果這麼說或許他就會開心。

但說什麼「挨罵的小學生」或「拉肚子的耶穌基督」的，有這麼罪無可赦嗎？

又或許……阿剛從我的說話口吻中嗅出了什麼？他這個人啊，嗅覺如同野生動物般靈敏呢。

我平常總以「可憐」的眼光看著他，阿剛討厭的或許就是我這種感受。

阿剛的睡臉是男人卸除武裝的睡顏，要是女人看著這樣的睡臉感受到的是，可憐、值得同情、不忍卒睹、賺人熱淚、惹人憐惜、讓人心疼、無法棄之不顧等情緒，一被察覺，對男人或許是種恥辱吧。

或許有此感受的女人，視線中蘊含著冰冷，迫使男人感到一股蒼涼。

只是，老實說，阿剛的睡臉就是會激起我的憐愛。

我不知道為什麼，但也許是害怕追根究柢。

今早的天氣同樣好得沒話說！

大海群山全都清楚映入眼簾。

這間東神戶的公寓因為位於高地，街道那頭的大海看來彷彿伸手可及，船隻的白色航跡也清楚可見。如今，街道被包覆於春天的水蒸氣中，迷濛市區的底層透出莫名的光亮，而整片高地則被新葉嫩芽淹沒。先前在陽台花箱中播下的三色堇，已經連續綻放了一整個月，我摘下那猶如紫色天鵝絨的花朵，插入杯中。

我喜歡這個陽台的風景。當初與阿剛結婚最開心的是，這間公寓的視野很棒……這麼說，會不會挨罵呀。

不過，我在大阪市內還留有一間公寓作為工作室，平常會開自己的車過去。

此時，我在廚房準備餐點，阿剛卻拍起手來。

「怎麼了？」他還在拍手。

實在很吵，走過去一探究竟，阿剛隨即手向我伸了過來。

「我正忙著呢，平底鍋才剛點火。」

「笨蛋，講什麼東西啊，妳是不是會錯意啦。來個『拍拍拍』啦。」

忘了叫什麼了，孩子相互擊掌喊著「拍拍拍」的遊戲。阿剛與我常會像那樣單手擊掌鬧著玩，沒什麼特別的意思。

「快起床。」一邊說邊匆忙從阿剛的掌心拍下去。說時遲那時快，那手被一把抓住，差點又跌上床。

「笨蛋，我可沒閒功夫跟你鬧！」我放聲大罵。

阿剛隨即高聲發出今天第一波的傻笑，從我的床上拿了枕頭，與自己的枕頭疊在一起。

「這樣放……不對，要這樣放？」

只見他將天藍色的緞面枕頭與粉紅色枕頭又是湊在一起、又是微調枕頭邊緣，弄成枕頭挨在一起睡覺的樣子。

「噗哧……」我忍不住笑了出來。

粉紅色枕頭扭向一邊，看來風情萬種。枕頭裡頭是蕎麥殼，形狀塌陷後宛如一副依偎著別人睡覺的樣子。

阿剛稍微拉起天藍色枕頭邊緣，讓它靠向粉紅色枕頭。

天藍色枕頭是阿剛，粉紅色枕頭當然就是我。

被阿剛這麼一弄，男生枕頭彷彿單腳抬起，挑逗著女生枕頭。阿剛啊，就是專門做這種事惹人發笑的天才。

「白痴啊你。」我一說完，阿剛隨即大笑，將我的頭拽進胸膛，一頭短髮被弄得亂七八糟。

「唉喲，我好開心。總覺得每天早上都能見到乃里的臉是不是在做夢啊。」

「痛、痛、痛！」

他搔著我的頭，將我身體當玩具玩。我身材嬌小，阿剛卻身形高大，若被他像球一樣扔出，肯定會後空翻似地一屁股跌坐在地。

這裡的寢室與相連的起居室都鋪著鬆軟的長毛地毯。那是如同皓雪般的純白地毯，阿剛很喜歡躺在地上遠眺市區燈火，所以盡可能不放任何家具。

隔著走廊有一間客廳，其他還有兩間和室，另外一間則是阿剛拿來當書房的洋室。最後是貼著藍色花紋壁紙的廚房，以及貼著粉紅色花紋壁紙的衛浴間與盥洗室。陽台很寬且長，放上庭園椅等綽綽有餘。

最初阿剛帶我參觀這個景致優美、有數個房間、耗資裝潢的豪華公寓時，不禁膚淺地對他大叫：「我們結婚，結婚！」

我本來相信自己不是拜金女，現金堆滿眼前也不為所動，只是一旦看到金錢化為實體，還是會想要。再者，若是問我工作酬勞要用支票還是現金付款，不論金額再小，我都想要現金。就算支票能當場兌換現金也一樣。具有某種形體而且愈大的東西，對我似乎就愈有價值。

我早知道阿剛是有錢人家的少爺，只是以前他追求我，每每見面就企圖說服我「我要買房子，一起住，一起住」的時候，還以為頂多就是三房加餐廚空間的房子。結果，「不愧是財團公子哥，買房子就像買菸一樣。」讓人既是讚嘆又是輕蔑。

輕蔑！真是如此。

我對於阿剛的感覺底層中，始終懷有這種情緒。那不只是因為「阿剛是個單純的男人」或「他就是與我氣味相投，很容易應付」而瞧不起他。

那種輕蔑源自於阿剛死心塌地迷戀我。

我留著像男生一樣的短髮，不論夏天或冬天都是牛仔褲加T袖（冬天會加一件鞣革短外套），不太喜歡化妝。收到人家送的香水會忘記擦，戴上項鍊等首飾脖子會痠痛，套上戒指會出汗嫌熱，說到底，我就是個喜歡在毫無外表包裝的情況下，到處跑的女孩。我認識阿剛時已經三十一歲，可是不論自己或旁人都只覺得我像個「女孩」，完全沒有氣質淑女的風情。

我算不上是美女，卻明白自己的魅力。（難不成還有女生連這種事都搞不清楚嗎！）但是不知為何，我就是看輕那些認同我魅力的男人。既然都認同我的魅力了，善待人家便是，我卻是一副「哼哼，這個蠢蛋」的態度，瞧不起對方。所以，既然知道阿剛拜倒在我的石榴裙下，在內心深處也是瞧不起他的。不管是瞧不起還是輕蔑，阿剛實在是個很好使喚的傢伙，感覺就是「剛剛好」，十分耐得住我的虐待。

換言之，他其實多少也抱持著「哼，以為這樣就能讓我打退堂鼓嗎」的態度。阿剛不僅有錢、俊美、身強體壯、完全的好色又散發無窮精力，況且年輕又單身，正因如此，玩伴要多少有多少。有一次他甚至還將我帶到別墅，同時讓別的女人在旅館等著，發揮腳踏兩條船、兩邊討好的高難度技巧。

儘管玩玩的女人多不勝數，據說從早到晚都想膩在一起的女生就我一個。他說，後來看到新成屋出售，為了要與我共同生活就先買下了。從此之後，兩人見面時，總是不斷勸說：「早上一起醒來，一起吃飯，晚上也一起，人生最棒的生活莫過於此了。」我當時心想，若是同居一個月左右倒也無妨。

但是阿剛卻說受不了每個月更新合約太麻煩，想簽一份時間長一點的合約。換言之，真要簽約，就簽那種至死方休的合約。況且先簽好，說不定出乎意料地還能提早解脫，他是這麼說的。當然，兩個人可以一起快樂過日子最重要，他又這麼說。

這種令人心曠神怡的求婚，我倒也不討厭，正像買了一本感覺很好看的書，光買就滿足，至於內容則是連翻都還沒翻，便抬抬下巴說：「喔，謝啦，先擱著吧。」對於阿剛的求婚其實並未放在心上。只是，有時聽阿剛提及一些瑣事的瞬間，會隱約納悶：「這傢伙，真的愛上我了嗎？」

例如，阿剛那一陣子每次跟我親熱，都會開心地低喃：「這是第X次囉。」要我才不會一一去記那些事。還有心血來潮打電話給他的時候，「好開心！沒想到妳會打來。」另一頭便傳來央求諂媚聲。簡直就像只要我喊「來來來，阿剛，過來」就會搖著尾巴衝過來的狗。不論怎麼趕，就是會跟過來。阿剛真是好可愛……而且只要我稍微和其他男人亂來，就會暴跳如雷地狠狠開扁。

但是，阿剛對我的工作卻漠不關心。

我是童裝或年輕女孩服飾的服裝設計師，也設計娃娃或動物之類的玩具（也會有公司向我購買設計後量產），或女用小物、家庭用品等。我畫的插畫搭配自己撰寫的短文，雖然不是專業級的畫作，但是舉辦個展時，往往都銷售一空。我之前大概是靠這些工作謀生。雖然不是穩定的職業，只要認真積極就還過得去，同時也很有樂趣。我喜歡自己的工作，還有投入工作的自己。只是除了上床，阿剛對於我在做什麼毫不關心。就像我對他的公司、父親以及整個家族，漠不關心也毫無興趣。

我一個叫做美美的女性友人曾說：「中谷剛要是結婚，政府大臣等級的人大概都會到場吧。」美美當時與阿剛的男性友人交往，關於阿剛的事，我都是從美美那裡聽來的。阿剛是大豪門家的兒子，所有人都認為他最終會跟財團千金策略聯姻。

他是有錢人這一點，也是我心生輕蔑的根源之一。每次阿剛帶我去別墅（有兩棟）時總愛吹噓一番。他不但喜歡誇耀身邊擁有的東西（打火機、手表、鋼筆，甚至女人。常見一流名品廣告上，會放上名人照片與推薦文字，那怎麼沒有介紹一流名媛的廣告呢？阿剛認為在女藝人、演員、歌手或模特兒中，豔冠群芳的年輕美女更是一流，而且也覺得與她們交往很有面子。阿剛怕窮，是因為一旦變窮了，交往女人的等級也會隨之降至二、三流），也會吹噓母親的娘家（勉強算華族）出身。我覺得含著金湯匙出生的人，自我吹噓成那樣很怪。

所以，看到阿剛對於我這個非一流名媛的女人一頭熱（個人以為，從另一層含意而言也算一流，但是阿剛的價值觀與我截然不同，這一點是他絕對無法理解的吧），整天吵著「結婚、結婚」，活像個白痴。面對他的求婚，就像外賣送到府，「先放在那裡，明天再來收餐具吧」的心情。

但阿剛實在太纏人，後來只好先去看看公寓。

結果，原本聽到「與財團公子結婚」完全無感、不為所動的我，眼前出現華麗非凡的公寓時，卻瞬間喪失平常心，一心只想住進去。如此一來，與阿剛之間又不可能是房東與房客的關係，結果不禁脫口而出：「嗯，我們結婚！」

我是個非常實際的女人，只要在我面前展示出具象的東西，就會被吸引過去。我從未臣服於「有錢」這個詞彙，但是眼前一旦出現實物，便立即負傷慘敗。

唉，沒辦法。我只是個平凡的女人。

女人到了三十，物欲就會覺醒。更何況，阿剛還說：「來吧，這房子妳想怎麼布置就怎麼布置。有五家百貨公司會派專員到家裡，提供到府服務。妳高興就好，盡量買吧！不管多少，買下去就對了！」

這比求婚還讓人開心，我跳起來親了阿剛。

阿剛也很開心。

「等等喔。」

他說完離開，不知道做什麼去了。在此期間，我茫然眺望眼底猶如錫片碎屑般閃閃發亮的神戶街道，還有白色蒼茫的大海，在陽台上走來走去，開心到甚至想要倒立。我甚至想用擴音器，從高地向大海吶喊：「我要住在這麼棒的公寓裡囉！看吶、看吶，這幸福。看這裡啊！」

之前認為自己住在本町的那間小公寓是地表最棒的，那時卻深深覺得「果然還是奢華生活舒服」。

本來還在納悶阿剛搞什麼，後來發現他想用浴缸放熱水。但似乎不熟悉瓦斯或電力操作，所以出來的水忽冷忽熱的。

「為什麼要泡澡？」

「因為想做啦。不要明知故問。」

阿剛說著，在設有機器或開關的地方與浴室之間跑來跑去。

「白痴啊你。這種什麼都沒有的地方很麻煩吔。」

「沒工具也能做嘛。」

阿剛一心只想放熱水，不久後洗澡間傳來一聲：「王八蛋！」過去一看才知道，他拉錯出水調節把，蓮蓬頭的水直接從他頭部淋下，倫敦訂做的寶貝衣服、襯衫全被淋得濕答答的，我忍不住笑了出來。

唉，我是喜歡阿剛的，真受不了他。

一心一意只想親熱，為此鬧得天翻地覆的男人，我最喜歡了。當時還是初春，沒泡到熱水反而淋成落湯雞，阿剛直說「好冷」，急忙脫下衣服。由於室內開著暖氣，「啊，不要緊。這樣不會感冒。」說著也順便把我剝光了。

燦爛的陽光從沒有窗簾的透明窗戶傾洩而進，說溫暖倒也溫暖，但問題在於這是剛完工的房子。

「連個窗簾都沒有，被看光啦。」

「從美國那邊也看得到嗎。」阿剛則是一派輕鬆。「反正那邊是大海，不是嗎？」

「船上的船長說不定會拿望遠鏡看呀。被我們嚇到，弄錯航行方向。」

「什麼啊，他們會以為自己眼花了。『我是不是看太多色情雜誌，所以出現幻覺了？』像這樣，半信半疑之間就開過去了。」他這麼說，開心得不得了。

我們一邊親熱，看著蔚藍大海、白濛濛的水平線。山巒彷彿就要崩塌似地緊挨著市區街道，被櫻花與嫩葉染成一片格子花紋。室內太暖和了，阿剛結實的頸部肌肉與胸毛迸發出漂亮的汗珠。

「啊，今後每天每天都能在這裡跟乃里大人像這樣子做愛。好像在做夢。」阿剛說。

我覺得自己若是阿剛，實在沒辦法像他那樣坦率說出心裡話吧。我也喜歡阿剛的這一點。

對於結婚，唯一能掌握到的概念就只有阿剛所說的：「可以每天都在這公寓裡做。」

但是，現實的結婚問題後來卻引發一場大風波。阿剛的兄姊全都極力反對。他們對於莫名其妙出現一個名叫「玉木乃里子」的怪女人，似乎很火大。那也是因為，阿剛是嫡長子。

阿剛的家庭很複雜，有很多異母兄姊。

阿剛的父親建立起龐大家業，如今年過七旬，阿剛算是他老來得子。「中谷鐵工」的總公司位於東京，自家主宅也蓋在東京。

阿剛的母親生於京都，之前由於不想去東京生活，所以住在御影町一棟歷史可追溯至戰前的宏偉古宅。而父親有段時間則是一半住東京、一半住東神戶，往返兩地（他母親兩年前去世後，父親就都住東京了）。

阿剛的父親在女性關係方面，看來也十分活躍（阿剛是不是這一點像他啊），與第一任妻子婚後生了一個女兒，後來又與其他女人生了孩子。據阿剛說，那女人原本是女傭，而她的孩子就是阿剛的異母大哥。另一個小三所生的，是異母二哥。由於兩位哥哥都從母姓，所以姓名各不相同。以年齡排序，第一任妻子的女兒是阿剛的大姊。

阿剛父親的第一任妻子死於戰時，戰爭結束後與阿剛的母親結婚。「中谷鐵工」戰時受惠於時局，憑藉軍需工廠的角色日益壯大、羽翼漸豐。據說，中谷社長當時四十好幾，在某處對貧窮的華族千金一見鍾情，隨即以源源不絕的物資援助，大獻殷勤。

或許是時機剛好，也或許是皇天不負苦心人，戰爭結束後「華族」或「貴族」頭銜都遭到廢止，阿剛父親也得以堂而皇之迎娶小自己二十歲的千金入門。後來產下的就是阿剛與阿剛的妹妹兩人，結果冠上「中谷」姓氏的兒子，就只有阿剛一人。

阿剛其中一位異母哥哥，在一間與家族毫無關係的公司工作，生活上幾乎已和中谷家斷絕關係。

另一位異母哥哥則在大阪的子公司，與阿剛一起工作。據說，就是這個男的與大姊，以「中谷家的顏面」或「外界會怎麼看中谷家」等理由極力反對我們的婚事。

「到底在胡扯什麼啊。」

阿剛嘴巴上這麼說，但似乎也不認為他們的話全都荒謬透頂。這一點也很奇怪。而我呢，只覺得「會這樣可想而知吧」。我哥哥聽說過阿剛的事，一直以為他是「在中谷鐵工上班的人」。後來才終於搞清楚阿剛是社長兒子，目前擔任子公司的副社長，才大驚失色地說：「那個中谷鐵工嗎！」「那個中谷鐵工」後來有一陣子便成為了家中的熱門用語。

我老媽則說：「也不需要交到那種大富豪，小小的有錢人就好了嘛。」還說：「分手也無所謂，反正乃里子能養活自己。」對此事毫不熱中。比起我的婚事、或會不會嫁入豪門，老媽每次來到我公寓的工作室時，反而總是嘮叨「要養成好習慣，櫥櫃打開後要記得關，不然髒東西會跑進去。」還有「牙膏蓋要記得轉上，一個人住也不能這麼邋遢。」

即便如此，阿剛還是堅持己見，在家族中孤軍奮戰。那時每天都打電話到我的工作室，時而開心地說：「看到一線曙光了。」時而不死心地問：「你那邊有沒有什麼親戚是國際扶輪社的，獅子會也行。」

「沒有啦，阪神虎的球迷倒是有。畢竟，我們家可是庶民中的庶民吔。」

我再怎麼說也是個大忙人（說不上「賺很多」，不過真的很忙），常常將話筒夾在耳朵與肩膀之間，一邊上色作畫。同時基於禮貌，口頭上還要熱情回應：「喔！」「哇，是喔！」

「妳真的在聽嗎？」阿剛終於問了。

「在聽啊，怎麼了？」

「只要乃里大人好聲好氣回話，一定是心不在焉。熱情回答的時候，十之八九根本沒在聽。」

「我哪有啊！」

我慌了手腳，卻有些動心了。之前從不認為阿剛是聰明的男人，或許是愛情的力量，激發了阿剛的洞察力。

最終，我們還是辦了一場約五百人出席的婚禮。等我看到戶口名簿，才發現阿剛比我小兩歲。婚禮上多為阿剛公司或他父親公司的相關賓客，我被迫遭受滔滔不絕的致詞轟炸。然而，聽阿剛的朋友——總有一天財力與阿剛不相上下的紈絝子弟、社長繼承人等，聚在他身邊聊天倒是很有意思。他們多是遊戲人間的公子哥，雖然多半都已經成家，只要聚在一起，聊的淨是些玩樂話題。

「我到十二點就已經賠掉兩百五十萬了。凌晨一點過後才轉運，手氣好不容易又旺了起來。」

「我剛開始一口氣就賠了一百萬，後來贏了一百二十萬，再來賠五十萬，接著又贏了三十萬。」

「結果還是賠啊。」

「是啊。」聊的大概是這些。好不容易我才跟上，這邊又熱烈聊起這陣子倒閉的公司負債幾十億圓，比想像中來得少之類的話題。

阿剛的父親也很有意思。我後來順利與阿剛結婚，終究還是靠他老人家一句話：「無妨。」

果然是「鶴聲一鳴，百鳥噤聲」。阿剛母親對我有好感，或許也有影響。他母親是位溫柔親切、年過半百的婦人，非常喜愛搜集我製作的人偶。

他父親個頭不大，是位精神百倍的老人家，臉色紅潤、氣色很好，頭已經禿了。他總是忙東忙西地一刻都閒不下來，而且笑口常開，常以獨特的用字遣詞發表演說。

「畢竟換言之，總之……」

說話時，這句話會用上好幾次。我覺得那些詞彙意思都相同，不過說不定語感真的不同。

我當時身穿結婚禮服。那是一件胸口袖口縫滿小珍珠的白色緞面婚紗，背後還有拖著長長的薄紗蕾絲。看到我一身白紗的模樣，阿剛母親甚至比我或阿剛都要開心。她說，看來就像精緻的人偶，整個人雀躍不已。

至於我呢，當天舉目所見盡是洶湧的人潮，一整天下來只覺得自己不像自己。

「吃點東西。待會兒倒下去，我可不管。」阿剛輕聲對我說。

但是，我飽受緊緊綁在身上的馬甲沉重壓力，除了飲料，嚥不下任何東西。

「還要很久嗎？這些無聊致詞。」我臉上掛著笑容，輕聲問阿剛。

「那個禿子講完就結束了。」阿剛也不動聲色地低聲回答。擔任介紹人的工商聯合會會長夫婦正各自與鄰座賓客相談甚歡，沒完沒了的婚宴就這麼持續進行著。

我們的蜜月旅行是為期兩週的歐洲之旅。阿剛父親因為工作的關係，正好也到歐洲，後來與我們一起回國。我們在回程中相處融洽，這位開朗的老爺還說：「我呢，只要是阿剛找的老婆，不管是誰都好。反正這傢伙只要話一出口，別人怎麼勸都不會聽的。管妳是『把』貨公司的銷售員，還是『嘎』啡廳的服務生，管不管我喜不喜歡，都會說要結婚的，畢竟換言之，總之就是娶老婆的人不是我，是阿剛他自己。」

阿剛他父親說「把貨公司」時，我還以為「把」什麼東西，而他所謂的「嘎啡廳」指的是咖啡廳吧。

「管不管我喜不喜歡」大概是他父親口誤，將「不管我喜不喜歡」這句話說錯了，又或是深信這樣的文法無誤才用的（事後才知道是後者，因為他父親經常蹦出「管不管喜不喜歡」這句話來）。我與阿剛之後有一陣子，還常拿這句話來開玩笑。

「管不管喜不喜歡，現在既然都是夫妻了，妳全身上下不准有任何部位是我不了解的。」阿剛曾這麼說，開燈仔細端詳我。

又或「管不管喜不喜歡，為了身體健康著想，快上沙拉吧。」說完整個人樂不可支。

我的工作室後來決定保留。想畫畫或創作時，在那邊的公寓較容易靜下心來。只是阿剛對此不甚高興。

能眺望大海、位於高地的公寓，完全就是用來享樂，與阿剛兩人獨處嬉鬧用的，有時，甚至懷疑自己是不是浦島太郎，因為真有「時光如夢般飛逝」的錯覺，日子如同泡沫般一天天消失。

將窗簾完全拉開，望著閃耀著月光的大海，

「那個……」阿剛在浴室剃完鬍子說。

「怎麼了？」

「我常覺得這會不會是在做夢。乃里像這樣就在身邊，好像做夢。」

「呵？」

「如果醒來沒看到妳在身邊，還真有點不敢相信。」

「不甘寂寞。」

我的腦袋一陣昏沉，像個因身懷巨款而渾身不自在的人，面對不甘寂寞的阿剛大量傾注的撒嬌與愛意，甚至感到煩悶。

現實世界中的金錢，我大把大把地花。不論皮草或寶石，沒多久就已經買了一大堆。只是這麼一輪買下來，才發現對那些東西慢慢無感，不像飢渴的人不論買多少都不滿足。至少，我是如此。

在阿剛要我參加的活動中，麻將或高爾夫都沒學會，只學會了開車。這項技能在我往來工作室時，派上了用場。

我不曾與阿剛一同出門。因為阿剛喜歡有人目送他出門。而且回家時，如果沒有比他早到家就會不高興。

美美有次曾對我說：「妳會變成一名好太太。」本來我就很喜歡用吸塵器吸吸地毯、做做菜之類的，家事完全不假他人之手，親自包辦。我與阿剛的家人，除了他母親之外，都不常來往。

原來想讓朋友美美好好瞧瞧我這「甜蜜的生活」，她卻因為老公調到九州分店工作，現在人不在關西。

我以前曾迷戀過美美的老公三浦五郎。如今只要想起那段往事，就覺得不可思議。對五郎，不像對阿剛的那種玩耍喧鬧，而是身心都感到刺痛、煎熬地愛著他，痴痴盼著不論如何只想得到向他示愛的機會。五郎卻完全沒察覺到我的心意，不久還迷戀上半途殺出的美美，後來兩人就在一起了。我明白人本來就是青菜蘿蔔各有所好，只是至今還隱約記得當時的情傷。

就這樣，那股對於五郎的愛慕又或執著，總之類似的情緒彷彿被加了一層濾片，變成半途怎麼也想不出來、讓人陷入焦慮的模糊旋律。

因為我已經與阿剛結婚三年了。因為我已經被阿剛蹂躪得一塌糊塗了。

2

阿剛每天早上一起床，會稍微胡鬧一番，時而拿枕頭鬧著玩、時而將我咚一聲推倒在地（也因此才鋪了一層鬆軟的白色地毯）。

「討厭啦。」我大叫後起身。

「搞什麼啊。」阿剛用手指戳我的肩膀，隨即「咚」一聲又將我推倒。

最後變成鬼抓人的遊戲。一碰到肩膀，會被推肩膀；一碰到腳，會被絆腳，所以我拚命避免被阿剛碰到。可是，阿剛卻喊著：「看我的！」展開雙臂朝我逼近，我不得不光著腳丫衝出陽台（那裡鋪著綠色的塑膠人工草坪）。

「殺人啊！」我這麼一叫，換阿剛慌了手腳。

「笨蛋。我不鬧了，妳快進來。」

「說好囉。」

「那當然。」

結果才一進去，他又把我絆倒了。阿剛見狀樂不可支。

「酒也沒喝，一大早就能這樣卿卿我我，還真是驚人啊。」

「這種事能持續三年才驚人。」

「笨蛋，就是因為已經過了三年，才玩得起來呀。乃里大人的身體，跌倒的時候活像顆球，好好玩喔。」

我總是心神蕩漾地痴痴望著阿剛用力漱口、水花四濺地洗臉、將雪白毛巾（我設計的毛巾都是彩色的，但我就是不愛有顏色的毛巾）掛在脖子上梳頭髮的樣子。阿剛今年三十一歲，依然擁有誘人的身體曲線。猶如印地安人的結實骨骼、琥珀色的肌肉、看來欲念深重的寬闊下巴、修長強壯的雙腿。

我常嘲弄他：「這是花錢、傾注自戀、花時間鍛鍊出來的肉體美。」

但是，只要想到這麼健美的肉體是屬於我的，便覺欣喜若狂。

我「哼」的一聲望著他。這聲音的背後隱含著「這傢伙竟然如此迷戀我，還真可憐」的意味。

在他換上襯衫的當下，我將早餐送到起居室。熱咖啡（阿剛的不加糖）、煎得焦脆、邊緣蜷縮的培根、太陽蛋（阿剛三顆，我一顆），加上吐司、牛油、三百CC冰牛奶。阿剛早上常想吃義大利麵，所以我也煮了。這麼一來，我覺得沒一起吃太不划算，因此也跟著吃，只是兩人的份量不太一樣。我與阿剛會在一大盤義大利麵上，盡情淋上事先做好的肉醬與起司絲，一大早就開始大吃大喝。

「話說回來，妳還真會吃吔。差不多跟我一樣多了吧。」

「我不管吃什麼都不會胖，有什麼關係。」

「胖了也好。那樣更像一顆球，更好滾了。」

「要是一直把我滾著玩，我可不知道會滾飛到哪裡去喔。這下面可是坡道。」

阿剛放聲大笑。這是他的習慣。

吃完飯後，我將髒碗盤拿到廚房，阿剛繫著領帶。

「我問你。今晚的宴會我不去不行嗎？」

「那當不。」阿剛說。

這是他省略「那當然不行」的說法。

「今晚有多少客人？」

「都說過幾次啦。我每次說話妳都心不在焉的，真拿妳沒辦法吔。五個人，兩對夫妻，還有一個男的。」

「是什麼人？」

「跟公司業務有關的人。」

「我們家呢？」

「還是老面孔呀。」

這意思是阿剛哥哥夫妻加上妹妹夫妻。他現在工作的子公司是家族企業，即便是工作上的招待也由家裡人負責。

阿剛的大姊在丈夫去世後又回到娘家，現在已是御影家的女主人，當然得出面負責接待賓客。這一大家子，人人都覺得在外面料亭或餐廳款待賓客十分低俗，是低下階層的人才會做的事，想讓全天下的人都知道，家裡雇用了很棒的廚師。

「侍從也來嗎？」

「我不知道，不確定吔。」

「侍從」是阿剛的表弟，照例在同一家公司工作。他們家數代前曾有人擔任過明治天皇的「侍從」，家族中背地裡都以這個綽號稱呼他。這人的個性老實認真，在阿剛家族中，除了阿剛死去的母親，我最喜歡的就是他。

「妳要早點到。客人大概六點就到了。我也會直接從公司過去。」

「有沒有年輕帥哥會來？」

「全是中年阿伯。再說了，每天看我，不管看到誰都不會覺得是帥哥了吧。」

這肯定有一半是真心話。

「我就知道妳差不多又要物色別的男人了。畢竟，乃里大人最喜新厭舊了。」

阿剛話裡有三分之一是嫉妒，剩下的三分之二，玩笑與懷疑各占一半。但，我還真稍微被說中了。

和阿剛結婚後，我便不再與以前的朋友來往。因為阿剛不喜歡我獨自外出（工作室除外）。本來希望能與阿剛一起參加朋友的聚會，可是阿剛對我的朋友完全沒興趣；更何況，他不主動多方探索、多結交朋友，也不想了解對方，完全沒有好奇心。

他的好奇心只用在女人身上，對於同性簡直像個沒感覺的傀儡，對繪畫、音樂或文學似乎也都沒興趣。

我以前每年都會辦幾次小個展，認識一些畫家朋友，大家都聊得好開心，可是就連跟他們碰面，阿剛都不太高興。

在個展開幕酒會上互相評論畫作、與某個點頭之交攀談或被搭訕、在擁擠悶熱的藝廊中交流的祕密或酒水，發現中意畫作就摟住友人脖子說：「你啊，真的是、真的是一個大天才啊！」友人回說：「多謝多謝，我早就這麼覺得了，果然如此啊。」磨蹭過來的鬍碴臉散發洋菸柔和的香味……唉，那些回憶現在怎麼離我這麼遙遠了呢！以前每次開個展，一定會將紫花地丁花束放入透明塑膠盒中為我送來的作家夫人（她是我畫作的狂熱粉絲），還有那陣子在忙碌工作之餘抽空來捧場的某情人。「啊，特別為我跑來了嗎。」我一邊使眼色，在人後偷偷與之十指交纏。諸如此類的回憶……這些真實發生過嗎？

去年還有前年都沒開個展。

設計工作也全都回絕了。

工作上認識的人當然就不用說了，連朋友也全都以為我釣上金龜婿後，對工作或作畫完全失去興趣。後來某位友人讓我了解到我在旁人的心目中是什麼模樣。

有個素昧平生的美術系學生拿著某人寫的介紹信，帶著畫跑來找我：「算顏料費就好，請買我的畫。」我按照對方出價買了畫，可惜是幅畫風尚未成熟的畫。阿剛很小氣，對自己一擲千金也不會心疼，但是對這方面的花費卻一毛不拔。他因此更討厭我因為工作關係與人碰面或參加同行聚會。

就這樣，我被迫做起阿剛家那邊乏味的賓客接待工作。

我和穿好衣服的阿剛搭電梯到一樓，趁阿剛把車開出來的空檔，我爬上車庫石牆。石牆那頭是一片空地，長滿稍微過盛的蕨菜。

聽到車子的喇叭聲響起，我隨手摘了三、四株蕨菜，跳下石牆。

「妳在做什麼啊……要走囉。」

阿剛探頭出車窗，戴著一副淺色眼鏡。

「好像畫裡的美男子喔，慢走。」

「乃里大人也是，那張臉看幾年都看不膩呢。」

彼此欣賞讚美一番，相互擊掌，做完「拍拍拍」後，他就走了。他開的是天藍色的積架跑車，另一部桃紅色的愛快羅蜜歐借給妹妹夫妻了。我不喜歡看來像消防車的車子，開的是低調、平凡的米色雙門國產車。這公寓的車庫是另外買的，我的車就停在旁邊。今天本來沒打算去工作室，一看到車又忽然想出門，趕忙清理碗盤後，便坐進車內。

我一身喇叭褲加白色短袖針織衫，將包包扔到副駕駛座，駛離了公寓。我最喜歡穿這身裝扮到工作室。不久前還覺得難得奢華，在家裡也戴著鑽石或藍寶石戒指，身上胡亂穿著高級服飾，在公寓房裡晃來晃去，並對自己說：「我是這裡的女主人，有個男人迷上了妳，那傢伙還是個大富翁呢。」

不這麼對自己說，就會搞不清楚狀況。

但是每天都這樣，開心就這麼一點一滴遞減、感激就這麼一點一滴稀薄，「高價首飾掉了可不行」的窮酸本色逐漸顯露，所以全收進了固定保險箱；太長的衣服常絆到腳也嫌累贅，有時還被阿剛撞倒，直接把下襬翻到頭頂打結，變身成為「棉被捲」，所以後來索性不穿了。

富豪扮演遊戲，我已經玩膩了。

「相較之下，跟阿剛開始交往那一陣子常玩的『處女扮演遊戲』、『強姦遊戲』就是玩不膩。現在還在玩呢。」我開進高速公路時，這麼想。

一進入大阪，工作室所在的公寓就近在眼前了。

我知道這棟熟悉的公寓、整體建築物的感覺，總讓我感到平靜安心。畢竟換言之，總之可能是因為我與生俱來的本質，就是與「有錢人」格格不入。

電梯按鍵的周遭牆面髒兮兮的、布滿手垢，在在讓人感受到公寓的老舊。和那間「能夠眺望大海的超摩登公寓」相比，這間公寓則是被大都市的烏煙瘴氣，染上一片陰沉沉的色調。

最近都不在工作室裡創作作品。婚後就不再繼續創作、買賣東西了。不過阿剛母親還在世時，像被孩子討著要似的，做了些人偶給她。她是位氣質優雅、和藹可親的婦人，丈夫就不用說了，整個人的感覺與阿剛或阿剛的妹妹也截然不同。後來，連那唯一的創作動機也不復存在。

房子裡積滿灰塵，只有常坐的椅子，還有桌上常用來看書、打電話的小小一塊空間是乾淨的。

架子上放著貝殼以及塗著不同可愛顏色的裁縫箱。另外還有幾本日記本，加上十來本相簿（這些東西有礙「富豪扮演遊戲」，所以沒帶去）。

其實，相簿中並沒有放入過往男人的照片，而是枯葉、押花、海報、票券（看戲的）。諸如此類的瑣碎垃圾全貼了進去，相簿顯得鼓漲。我是回憶的蒐藏家（得說「曾是」才正確）。

我甚至想，「至今我的人生都是為了收購回憶過活的。」如今就算與阿剛去了哪裡，也不會萌生特別想將票或押花收起來，貼進相簿的心情。以前的我，似乎對自我人生懷抱著自戀式的愛戀。

現在就像在用淡香水或香皂一般，稀里嘩啦地消耗著自己的回憶。

一旁就是工作檯，主要用於製作人偶。裁切台上有把小線鋸或電焊槍，電鑽、鐵絲、螺絲起子等像玩具般的木工工具也全堆在台面上。另一邊的牆面靠著一座頂到天花板的格架。架子上放著各種完成、未完成的人偶，有的脖子被吊著、有的是頭下腳上被掛在釘子上、有的是坐在上面，或是只有一顆頭放在那裡。架子下半部是抽屜，由於沒有關緊，各種顏色的小碎布彷彿下垂的舌頭，從抽屜探出頭來。

台面上有個約莫男人拳頭大小的娃娃頭，已經利用拆解的麻袋，縫上偏紅的頭髮。但尚未描繪眼鼻，看來像一團破布。

說到這房子的感覺，要說是大火肆虐過後的雜亂，反倒像散發著往日曾有的榮耀。

我就是在這裡創作、痛苦糾結、想要男人、渴望著男人（就是那個叫「三浦五郎」的人）。在這裡吃吃喝喝，和阿剛在沙發上親熱，這房子那時候還沒死。

直到我內心某部分已經死透，這間房子也跟著死了！

或許是「富豪扮演遊戲」害的。但是，與其說是誰的錯或什麼錯，「別無選擇的必然結果」、「時光流逝」等形容，對我來說還比較貼切。

此時，電話突然響起。這裡偶爾還有不知道我結婚的人，打電話來洽公，我原以為是那樣的電話。

「喂！喂！」結果，話筒裡傳來女人悠哉的聲音。「啊呀，終於接了。我從早上一直打到現在吔。知道我是誰嗎？」

「美美？太難得了！」

「Oui。」

「怎麼了？妳來了嗎？」

「是回來了。小五哥又調回大阪工作了。今天整天在找公寓，累死人了。不過，一切都打點完了。」

「哇，那可真累人呀。」

「我跟小五哥要去妳那兒，妳還會在那裡待一陣子吧。」

美美現在似乎還是稱先生「小五哥」。

「你們一起來嗎？」

「嗯，三個一起。」

「三個？」

「我們生了孩子。咦，沒告訴妳嗎？」

一如往常的一派悠閒。

「我不知道啊。小五哥好嗎？」

「唉，自己看就知道了，哪裡好啊，根本就是鄉下的相撲力士了。」

「是嗎。」

「寶寶也是個胖小子，跟小五哥一模一樣呢。這次不會錯，肯定是他的了，啊哈哈哈。」

她會這麼說，是因為之前她懷了其他男人的孩子，但那男人不肯結婚，最後只好拜託好好先生五郎，辦理入籍、先把孩子生下。

可是，孩子後來夭折了。入籍名義逐漸演變成實質的婚姻關係，我多年來迷戀的對象，就這麼輕而易舉地被美美橫刀奪愛。只是，「奪」這個用詞並不恰當。五郎本來就不知道我的心意，演變至此也理所當然，而美美更是沒想到。她大概沒料到我對五郎用情之深，甚至因此受創，所以當時還若無其事地來向我報告。

「省得麻煩就直接結婚了，這樣戶籍也不用改來改去了。」結婚原因是「省得麻煩」，這兩個傢伙實在是！

我本以為五郎是個木頭人，但是那也只有對我。不知道為什麼，他和美美才見過兩、三次面，就展開熱烈追求，這點與阿剛沒什麼不同。我這才明白男女組合還是青菜蘿蔔各有所好，而我可是歷經慘痛經驗，才被迫領悟這個道理的。

美美夫妻帶著長得跟小五哥一模一樣的寶寶，在打完電話整整兩小時後，過了中午才到。

「啊呀，哇。」美美說。

「好懷念喔，這房子。乃里子完全沒變，就跟這裡一樣。」

美美胖了，胖了也曬黑了，感覺有點邋遢。五郎抱著寶寶隨即踏入房內。

「來，說午安……乖乖要說午安喔。」

他對寶寶說完，隨後說：「嗨，妳好啊。」一邊走進來。

我在他們抵達前大掃除了一番，睽違已久首度換了桌布、東擦西抹，清潔整理。所以，房子看來井然有序、窗明几淨。在明亮的地方看著五郎，整體印象胖了、老了，也覺得很平凡，跟美美一樣有種被燻黑的感覺。說不上來就是有種被生活的髒污滲透了，彷彿用肥皂清洗也洗不掉。並不是說五郎看來粗鄙，而是看著他不由得會萌生一種難以釋懷的悲傷。

「乃里！一陣子沒見，妳看來很有精神嘛。」

五郎滿是懷念的口吻，像是看到久別重逢的至親家人。

我莫名地幾乎落淚，真是傷腦筋。比起懷念的眼淚，應該說是感慨萬千的眼淚吧……以前曾痴痴戀著這個男人，不論他的臉、肩膀或手腳，都想直接吃掉般強烈渴盼著。而那種愛戀如今卻像回想不起的過往之歌，徒留讓人心焦追憶的微微苦澀，面

「是嗎。」

對改變我的心境的「時間」，我不禁心生感慨，幾乎熱淚盈眶。

數年過後，五郎還是擁有讓我落淚的力量，現在只想盡早從這股力量解脫，我突然好恨五郎。

美美走進廁所，水開得超大聲，一出來就像以前那樣，自顧自地打開冰箱。我已經不住在這裡，冰箱裡當然完全沒有食物。

「這汽水可以喝嗎？」

「請用。我本來想泡茶的。」

「這麼熱，汽水比較好。」

美美只取了兩瓶，所以我拿了杯子和開瓶器過來。

「妳啊，還是跟以前一樣瘦，真羨慕。我都變胖了，以前的衣服根本穿不下。」

美美一身像是「縮織」（註一）布料製成的兩件式打扮，腰部剪裁寬鬆，歐巴桑們都將這類衣服當制服穿。或許是因為身穿這種衣服，看來老了不少。

註一：日本傳統織法，以壓製於布料表面的特殊紋路，達到涼爽排汗的功能，近年來在日本再次流行。

「一待在這裡，就會回想起往事呢……」美美說。

我不太希望她回想起來。

「啊，這是伴手禮。原本想在博多買，只是回來後暫時借住小五哥的哥哥家一段時間了，就直接在附近的點心店買伴手禮帶來。小東西，不好意思。」

美美說著，拿出一盒寫著「一口最中餅（註一）」的伴手禮。

「謝謝。這裡沒有吃的，就打開一起吃吧。」

我打開禮盒，倒茶遞出去。

「妳現在跟阿剛一起住嗎？在哪裡？好想看喔。不是阿剛老家那裡吧。」

「是公寓啦。」

「就你們倆？」

「對。」

「好好喔。」

「怪了，美美家不是一樣嗎？」

「我們住的不是便宜公寓就是木造老房子，西曬很厲害，廁所也是共用的。阿剛住的公寓肯定很不得了吧。那是什麼樣的生活啊？每天都在做什麼？」

「就吃飯睡覺啊。」

「我想也是，只是好奇大財主的年輕太太，每天過著什麼樣的生活。應該偶爾打打高爾夫、彈彈鋼琴、學學法文之類的吧。」

阿剛的姊妹確實是如此，我並沒有奉陪，所以不算「大財主的年輕太太」之列。

「我可沒閒工夫去做那些事情。」

美美點頭，吃起第三個自己帶來的最中餅，一邊說：「家庭主婦還是想兼份差，賺賺自己的零用錢或菜錢吧。我生真由美之前，也都在打工。」

五郎發現我看著寶寶，於是將寶寶轉向我，同時又憐愛地看著寶寶說：「頭頭拍拍。」

這種時候還是得行禮如儀。於是我問：「好可愛喔，今年多大了？」

五郎比美美搶先回答：「七個月又十八天。」

註一：日文原文「最中」（もなか），源自江戶時代後期的傳統點心。看來像小盒子的酥脆餅皮由糯米漿烤成，傳統內餡為紅豆沙，現今也會填入栗子、柚子或抹茶等多樣化內餡。

五郎似乎是將孩子視為生存意義的那種人。他邊說：「唉喲喂呀。」又說：「喂，濕囉。」為寶寶換起尿布。美美嫌臭似地將裝著尿布的袋子扔向他。這樣的互動散發出老夫老妻的生活氣味。我現在要是單身，或許會覺得羨慕，甚至難過到窒息吧。

寶寶的頭髮烏黑，還有一雙澄澈大眼，是個很漂亮的女娃兒，說不上來哪裡，就是像五郎。我漫不經心地窺視五郎雙手動作，寶寶卻突然抬頭，目不轉睛地盯著我。那雙漆黑的大眼睛，莫名感覺她像個大人，在那當下徹底看穿了我，令人心頭一驚，十分害怕。「寶寶」這種生物，還是要自己的才可愛，別人的就不可愛了吧。

「好『惹』，換好了喔，現在覺得很『豬不』了吧。」

五郎說著抱起寶寶，而我已經不敢再望向寶寶，煩惱著該看哪裡好。突然間，對於五郎的那種遙遠旋律，也從某個部分被硬生生地切斷了。

「人家說跟有錢人混在一起會變髒，我還曾想過，乃里子或許因為有錢而覺得辛苦呢。」美美邊換上新茶葉，從廚房大聲說。

「妳也快生個孩子吧。有了孩子，不論在阿剛面前或在他家裡，都能抬頭挺胸的多好。」

「美美在小五哥面前也抬頭挺胸嗎?」我笑著逗她。

「那可不。多虧真由美，小五哥在我面前根本抬不起頭來。真由美出生時，開心大笑到鼻孔都撐大了呢。」

為了避免男人的價值被貶得一文不值，女人是不是應該稍微留意一下自己的用字遣詞呢?我對別人提起阿剛時，也會很小心。儘管如此，美美毫不在意說出的那句「那可不」久久殘留耳際。

美美似乎很開心能回到大阪。

「喂，我以後時不時就過來走走喔。乾脆把兼差帶來做好了，反正這裡這麼大。」

聽她這麼說，突然想起美美老媽信的那個新興宗教「金天教」。美美的老媽總帶著金天教的護身符、水還有花，堂而皇之地進入任何人的家，然後朝著她認為適當的場所祭拜，絲毫不顧那家人的感覺，雙手合十擊掌、高聲朗誦禱文。

3

美美他們意外地逗留許久，回到居住公寓時已經過了五點。我急忙更衣後，開車駛向御影。

車子開上山，駛過宏偉宅邸林立的高級住宅區。這附近的宅邸全都巨大無比，豪華程度在日本也名列前茅。

每棟宅邸全都庭院深深、寂靜無聲，樹林或森林那頭的古意洋樓散發點點光亮。又或，緊閉的唐草紋鐵門後的遠方，可麗牧羊犬一家也不看門吠叫，而在假山附近跑來跑去。

一眨眼，又看到另一種宅邸，在行經似乎永無止境的圍牆後，才找到正門口緊閉的高聳木門，上面是長滿荊棘的植栽，枝枒交錯糾纏，連宅邸內的情形都不可見。

中谷大宅是阿剛父親在戰爭結束後，為了取代大阪市內被戰火燒毀的原宅邸而買下的古老洋樓，據說是在昭和初期一擲千金打造而成，時至今日仍然堅若磐石。大宅內部庭院部分採日式風格，面對庭院的房間，也設有日本傳統和室。從門口進入，繞過庭院花草就是玄關，眼前是鑲嵌著彩色玻璃的門扉。

考慮到賓客可能需要停車，於是我繞到後門去。

比起坐擁草坪、面對宅邸陽台的庭院，我更喜歡這邊早已荒廢的日本庭園。庭園中有座小石橋，還有個夏天會引來青蛙繁殖、已埋沒於雜草中的池子。另外還有個長春藤攀附垂掛其上的涼亭，其中擺有桌椅，不過都已經被雜草淹沒。蔓性薔薇的拱架有一半已經傾倒，阿剛母親過世後，大姊就扔下這裡不管了。

我曾夏天坐在那個涼亭裡與婆婆喝茶。

「乃里子。」

她笑容滿面，手裡拿著一個盒子。

「讓妳瞧瞧好東西吧。」

「是。」

「是我的寶物。」

那是密密麻麻地鑲滿櫻貝的淡桃紅色盒子。

「盒子也是櫻貝做的喔。」

我發出嘆息，拿著盒子看得入迷。

「這可是精雕細琢製成的。」婆婆似乎很滿意地說。

「我想送給妳。」

「可是……」

「沒關係，收下吧。」

她只要看到嗜好、感動有共鳴的人，就想維持更緊密的關係，很習慣送人家東西。

「一旦送給別人，婆婆您不會失落嗎？」

「乃里子看了高興也一樣。」

婆婆說著，惡作劇似地咯咯發笑，一邊將男爵父親於大正時代從巴黎買來的各種小玩意兒，像把手是象牙雕刻的手拿鏡或鑲著小顆土耳其石的黃金戒指等，給了我。

「以後，這只戒指也要給妳。其他的全送給女兒們了，只剩下這個。我想，這要送給阿剛的新娘……」

她從木製文件盒中拿出一只綻放閃耀光芒的鑽石戒指。

這只斗大足以讓人昏厥的鑽戒，我也不好屢屢端詳。

我從不覺得年過半百的婦人有什麼可愛或美麗，不過那是認識阿剛母親之前。這人身上存在一種不論歲月或年齡都難以減損的美。她真是一位纖細、肌膚雪白，手等部位大概也都只有一般女性的一半，個頭嬌小的美麗貴婦。

會莫名地感到心疼，覺得楚楚可憐，打從心底想保護她的人。

她也很疼愛與自己年齡相差無幾的前任妻子的兒女，絲毫沒有半點惡意。而我特別受她疼愛。

阿剛父親將這位夫人捧在手掌心上呵護，連冷風都捨不得讓她吹到，自己明明比妻子年長許多，明明是那麼無微不至地照顧妻子。結果婆婆並非染病，而是心臟病發，驟然辭世。我為此哭斷了腸。今後還有人值得讓我如此哭泣嗎？這輩子不會再有這麼傷心的事了吧。我與阿剛那時一人一邊握著婆婆的手。而在阿剛與我為婆婆守靈的那晚，兩人後來被安排睡在客房。當我哭累了，正昏昏欲睡時，阿剛喊：「乃里。」爬上我的床。

「我今天沒心情。」我的聲音嘶啞。

阿剛方才在婆婆臨終的病房中，明明也是淚眼婆娑，此時卻說：「有什麼關係。我睡不著嘛。就當是告慰老媽在天之靈囉。」

「沒個正經的。」我嘴裡這麼說，卻破涕為笑。

「我太愛老媽了，現在老媽死了，反而像是放下了心中的大石頭……」阿剛的手臂繞過我的脖子。

「就像保管一個輕薄易碎的玻璃瓶，內心某個部分總是提心吊膽的。父母死了反而像是放下了心中的大石頭，這或許才是真正的孝順吧……」

詭異的歪理，感覺上卻能理解。

「不過，太好了！有乃里大人在身旁。要是得一個人面對老媽的死，我可能承受不起。」

被這麼一說，自然也沒辦法說：「不行啦！給我閃一邊去。」並把他推開。

「有熱呼呼、暖綿綿的人陪在身邊，真好！」阿剛嘆息似地呼著我的耳朵說。這個時間點，僧侶已經不在了，可是親戚中有個會誦經的嬸嬸仍持續誦著經，連這間房都聽得到。而且可能是為了隔天的葬禮做準備，以及為守靈的人餐點端上，房門外的腳步聲徹夜不絕於耳。我深怕有人隨時會來敲門，膽顫心驚地與阿剛親熱。或許因為這樣的刺激感，也或許彼此都情欲高漲，阿剛激烈投入到幾乎難以壓低聲量。

「多謝款待。」他末了氣喘吁吁地說。

男人做愛不怎麼出聲，但卻像剛跑完馬拉松似地上氣不接下氣。

「不客氣，只是簡單的素食料理，不成敬意。」

「白痴。」

「婆婆在生氣了。」

「她很開心啦。想告慰老媽在天之靈，還有什麼更好的方法嗎。」

我邊聽著遠處傳來的誦經聲，咬緊牙根做了兩次。那是很美好的經驗。

據說阿剛在隔天葬禮上，被哥哥盤問：「怎麼了，小剛。腰看來沒力的樣子。」還被笑說：「就是有這種傢伙呢。就算去打高爾夫，扭腰也是一副沒力的樣子，只要一桿就看得出來了。」

阿剛的異母哥哥大概四十五上下，現在還像叫小孩似地叫他「小剛」。

那位哥哥、嫂嫂、大姊還有哥哥的孩子——念國中的兒子以及小學四年級的女兒，都住在這座宅邸裡，公公或阿剛則偶爾會回來。

公公去世後的遺產分配，大概會引發一番紛爭吧。我常事不關己地這麼想。阿剛想要東京的主宅，不過御影那座宅邸也是母親去世的家，他好像也想要。

我從庭園走進房子。落地窗朝向庭園敞開，燈火通明。這裡的石板走廊很棒。扶著石頭窗框往外眺望，正逢六甲群山的落日緩緩西沉之際。這是阪神地區最美的時節、最美的時間。

冰涼的石頭窗框設得很低，高度正好適合就坐。

幫傭蒔田姨從庭園溫室抱著薔薇走來。她已經在這裡工作很久，是位五十七、八歲、皮膚白皙的老實婦人。

「好久不見了，小太太。」蒔田姨笑吟吟地說。

這個家自從婆婆去世後，年近五十的大姊被稱為「大太太」，嫂嫂只是「太太」，我是「小太太」，阿剛妹妹雖然已經出嫁，不過回到這座宅邸時，還是被稱為「小姐」。

「那要拿去插的嗎？」

「是的。可以請您幫忙插嗎？花瓶就放在暖爐那裡。」

我到客廳將鮮紅與奶油色的薔薇扔進水晶玻璃瓶中。真希望阿剛早點到。想到要獨自和大姊他們打招呼，就覺得意興闌珊。

我穿著帶銀蔥的白色喇叭褲，還有一件長版上衣，外加一條銀色寬腰帶。雖然是假的，腰帶上鑲滿閃閃發亮的寶石。

茶花一般大小的花形耳環，讓人感覺沉重。

手腕上戴著一個銀色手環，細細端詳，也挺像個手銬的。鞋子也是銀蔥鞋面，脖子上什麼都沒戴。因為，腰帶已經夠高調了。

這個古典雅致的客廳，挑高格局、椅子像小山一樣大。蹲踞著沉甸甸大理石暖爐的客廳中，擺著一台顯得突兀的白色鋼琴，聽說是嫂嫂的嫁妝。

嫂嫂是同業公司的社長千金。

「妳在這裡呀。客人到囉。」阿剛走進來。

「咦？不請客人到這裡來嗎？」

「聽說是不需要太正式拘謹的客人，現在在餐廳旁的小房間喝酒。」

「都到齊了嗎？」

「到齊了。」

「單獨來的那位客人也來了？」

「妳是說中杉先生？來啦。」

「單身？」

我覺得女性單身還好，男性單身就不太喜歡了。總覺得有很多男人都愛固守本身喜好，不好相處。

「有老婆啦……只是，大概沒有帶著老婆到處跑的習慣吧。」

阿剛穿著一件淡藍色底搭配深藍色細條紋的上衣，完美搭配一條金褐色領帶，看來十分迷人。

「很帥喔，美男子。」

「乃里大人也是，彼此彼此。」剛說著彎下身軀，舔了我的耳垂。「我們趕緊找個地方，偷偷來一炮吧。」

「會遲到的，他們都在等我們啊。」

「讓他們去等。我受不了了。」

「下流鬼！」

阿剛的大阪腔完全反映出阿剛的喜好，刻意帶髒的粗魯也是一種颯爽。對我而言，不帶點髒就無法激發我的興趣。他是個型男，就像領帶會搭配本身服裝或氣質一般，運用的大阪腔感覺也很精悍好色，彷彿是為了符合自己稍微帥氣的長相，以及修長壯碩的身材，幾經琢磨修飾後才說出口。

「都已經三年了，怎麼還說這種話！你有沒有羞恥心啊，阿剛。」

「都是因為今天早上沒做啦。」

我們黏在一塊兒，低喃著淫穢的爭論。阿剛的手探進我的長版上衣。

「啐！喇叭褲真不方便。不能脫掉嗎？」

「這裡不行啦。反正，最後都會回家啊。」

「那都是好幾個小時以後的事了。這種事都是瞬間感覺到了就做，真要命。『姑娘兒啊，人生苦短、要愛趁早』(註一)，人家說的沒錯吧。」

「我剛剛啊，想起幫婆婆守靈那晚的事。阿剛每次都在忙亂到極點的時候，特別有

註一：日本歷史悠久的情歌「鳳尾船之歌」（ゴンドラの唄）中，一段在日本國內耳熟能詳的歌詞。

性致，很麻煩吔。」一說完，阿剛便放聲大笑。

大姊走了進來。她戴著淺色眼鏡，矮矮、肉肉、胖胖，畢竟換言之，總之就是最像公公的人。

她可能是鼻子不好，又或因肥胖所苦，鼻子常發出「呼吡呼吡」聲響。平日總穿著驚人的高價和服，和服腰帶以下的部分卻十分粗短，尚不及好好觀賞和服紋飾，便已經看到下襬去了。她是在外型上非常吃虧的人。

「我說你們啊，在這裡做什麼？大家都在找你們呢。」

我們正在親熱……總不能這麼說。

「小剛也真是的，就只會黏在乃里子身邊。」

聽大姊說話的語氣，總覺得更加鄙俗。

也讓人體悟「隨著年紀增長不變得鄙俗，還真是件難事啊」。

我們跟著大姊走進餐廳，只見一群人聚在鋪著石板的露台上一邊抽菸、啜飲小酒。

天色漸暗，群山稜線仍清晰可見。和風溫暖怡人帶著濕氣，是我最愛的春日夜晚。從露台前的階梯拾階而下，有個以石塊鑿成的方形人工淺池，巨大的硨磲貝盤據池畔。

池子正中央的噴泉激起陣陣水花，在燈光投射下燦爛奪目。

今天的賓客沒有外人，只有兩對五十多歲的夫妻檔，夫人們全都穿著和服，感覺和大姊、哥哥夫妻的交情很好。據說，大姊參加了類似扶輪社的婦女社團，而她們都是同社團的團員。

阿剛立刻加入她們的談話，不久便把我叫過去，介紹給她們認識。

夫人們表現出極度親暱的樣子，向我打招呼，我卻無意加入就座，於是她們又聊起之前的話題。

「別只顧著喝水呀，怎麼大家都不太喝飲料呢……咳哼，呼呲呼呲……」大姊使勁從鼻子發出聲響。

「每年夏天，我們都有幸晉見兩位內親王殿下……對，就在我們的別墅裡。」

聽起來，她們方才的話題是阿剛奶奶娘家那邊的家世背景，據說是前XX宮王妃殿下。我去過六甲山的別墅，阿剛那時還帶我去看「XX宮王妃殿下御手植之松」的石碑。大姊嘴裡的「王妃殿下」又或「內親王殿下」全都是過往封號，然而在這個如今降為平民的家族中，依然是王妃殿下或內親王殿下。

「他們即便處於酷暑之日，也只是啜飲一口冷水，潤潤喉而已呢。尊貴上流人士所注重的節度修養，還真是一門深奧的學問呢。畢竟身為尊貴上流人士，總不好頻繁如廁，所以平日必須在這方面實施嚴格訓練……呼吡呼吡……」

我深深以為，身為庶民不用承受在炙熱豔陽下只能喝口水潤喉的痛苦，實在太令人欣慰了。

「還有，就是背部。他們的儀態果然不同凡響。兩年前的大會，有幸承蒙ＸＸ宮王妃殿下蒞臨，她的背部真是直挺挺的，實在真了不起。民間出身的人，這方面就……呼吡呼吡。」

男士們不知何時開始聊起了高爾夫，遲到的小姑夫妻加入了那邊的話題。

「乃里子，妳看到了嗎？」

小姑與大姊、嫂嫂不同，跟我一樣穿著洋服，一件質地輕薄的淡紫色長禮服。她比我年輕許多，卻習慣叫我名字。她將我拉到身旁。

「什麼？」

「大姊手上不是戴著死去媽媽的鑽戒嗎？」

「是嗎？」

「再怎麼說，那個人根本沒權利拿走。應該給我或乃里子，不然就是嫂嫂。要不要我們兩個去跟她說？」

「我不想要。」

「哥哥會怎麼說呢？我想，他一定也會說『不該給大姊』的。畢竟，根本沒道理被那個人拿走啊。」大姊對於這個妹妹同樣稱呼為「那個人」。

小姑與賓客夫人的女兒畢業於同所學校，說完話後，隨即加入眾人話題。

餐廳內已經做好迎接賓客的準備。玻璃杯與銀製餐具整齊擺放在白色餐巾上，水晶燈與燭台上的蠟燭熠熠生輝，正中央形成了一座康乃馨小山。

我剛剛插好的薔薇，放置在正面的擺設台上。

不久，眾人魚貫而進，在大姊的指揮下相繼就座。我坐在最後倒數第二個位子。綽號「侍從」的泰雄來到了最角落。

他的表情隨和沉靜，我見到他很開心，示意要他就座。

「好久不見了。你這一陣子到哪裡去啦？」

「到美國去出差了。」

「是喔。」

泰雄前額禿了一大片，不過應該還年輕。我和他偶爾能聊聊畫作，所以很喜歡他。與阿剛婚後，跟著他認識一堆親戚，當時印象最深刻的就是泰雄。他曾在我的個展買走我的畫收藏，對於和我成為姻親的偶然也非常高興。他有點年紀了，但還是單身，個性敦厚隨和，總被精明能幹的阿剛一族認為能力稍嫌不足。不過，我很喜歡泰雄。我們對於喜歡畫作的意見也一致，我與他之間逐漸發展出的情誼並非姻親，反而像是朋友。對於泰雄，我懷抱著與阿剛的兄妹之間不太相同的感情。

右手邊的座位空了好一會兒，後來，終於來了個男人坐下。小姑的丈夫也來了，兩人手裡都拿著酒杯就座。

「我來介紹，中杉先生。」泰雄說。

他似乎說了一個公司名稱，但是我連阿剛公司的名字都記不住了，怎麼記得住別人的工作地點或公司名稱。像「中谷鐵工」，過了三年我依舊搞不清楚是「鋼鐵」還是「鐵工」。

中杉身材粗短，有雙愛睏溫柔的眼睛。

「這位是中谷剛先生的夫人。」

當泰雄介紹時，我與中杉莫名地都望向了阿剛。

阿剛夾在婦女扶輪社的成員之間，正滔滔不絕地聊著。

他只要加入讚美者中，就會變得很多話，感覺如魚得水。一幫婦女似乎很享受阿剛那乍見猶如美男子的姿色，正在細細鑑賞中。

我離他座位有段距離，所以不知道阿剛在說什麼。

中杉的眼睛像是睡眠不足有些張不開。

但卻有種大方磊落之感，不做作。

「真是好季節呢。」他首先對我這麼說。「好季節、好女人。」

他笑容滿面地看著我，所以我想「好女人」或許是對我的形容詞，但是又覺得可不能會錯意、表錯情，姑且沒把「謝謝」說出口。

「咦，那邊有兩位男士坐一起，要不要與朋子換個位子呢？」多管閒事的大姊面對著中杉說。

「朋子」是我小姑，她坐在我對面的位子。中杉與小姑丈夫並肩而坐。

「我要是換位子，就變成朋子小姐夫妻坐一起。夫妻不論如何都應該要分開。看到感情好的夫妻，我就想破壞呢。」男人說。

是嗎？我一旦像這樣被迫與阿剛分隔兩處，就覺得很沒安全感，話也會變少。我天生就沒有面對完全沒興趣的人事物，還能看似投入地暢所欲言的能力。用餐的同時要留心避免口紅脫落；為了能微笑答腔，口中食物只嚼一半就匆匆吞下……我沒受過這些訓練。再怎麼樣我就是沒辦法擠出虛假的笑容或客套話。不過也有人只要訓練有加，即能隨時擠出虛偽的笑容或客套話。

我往往出席這種宴會，就變得非常不擅言詞、無能、不討人喜歡。大姊還因此對阿剛抱怨：「這樣實在很傷腦筋啊。」

「慢慢習慣以後，就會上手的。多把她拉出來練習就好啦。她原本的個性並不會這麼不討喜的……」阿剛大概會這麼回答。「出席這種宴會，可能嚇壞她了吧。」然後大姊這麼回應。以上，純屬自己的想像。但是我總能從大姊看我的雙眸中，發現「這種事情妳知道嗎？這種有錢人的習慣……」，又或「這附近的高級住宅區就是會這樣喔」

之類的輕蔑隱隱閃現。那並非源自「我也想教她」的親切，反而像「刻意誇耀一番，不著痕跡地教訓她」……

只是，我自己也輕視阿剛，所以怨不得人。這世界本來就是互相的。

阿剛開心地大吃大喝、滔滔不絕地暢所欲言。正如我身處於這種場合時，變得沉默寡言，他以同等程度變得如魚得水、魅力四射。正因為如此，大姊才喜歡召集夫人們聚會，同時請阿剛加入。

阿剛參加我和朋友的聚會時完全插不上話，張嘴打哈欠時下巴都快掉下來了，總是散發出「迫不及待想離席」的氛圍。我和阿剛，真的很不一樣。畢竟，阿剛能在這群完全無趣的成年人之間，如此開懷暢談。

「您先生真是一表人才，很有魅力呢。」中杉對我說。

這話讓我聯想到水族箱前的對話，「那條魚的顏色真漂亮啊。」

「每天看到身邊有個那麼有魅力的先生，一定很開心吧！」中杉以柔和、優雅、帶著抑揚頓挫的大阪腔說。

那並不是什麼挖苦，也不是讚嘆。我又想起，某次不知道在哪個水族館，看到大得不像話的「亞馬遜河魚王」象魚緩緩游動，玻璃水槽上還特地註明「這面玻璃並非放大鏡」。

現在，餐桌上的話題漩渦分成三股，對面的阿剛與夫人們、餐桌中段相對而坐的A客與小姑夫妻，還有角落的B客、大伯與侍從。中杉或許是看我一個人沒有加入任何一方，才找我說話。

而我會出聲回應，也是因為他這個人。他讓我回想起以前與朋友相處時的歡樂。就連冷笑時，也能散發出讓人怦然心跳的溫柔與暖意。

「多虧如此，生活才不會無趣呀。」我親切說道。我，也不是天生就是個孤僻鬼。

「對我來說，太太或主婦像是萬惡根源，以前完全不想成為她們的一分子。後來覺得如果嫁給那個人，倒無妨。」

「主婦是萬惡根源啊。我倒是對人妻很有興趣。」

「我也是最喜歡有婦之夫了，不太喜歡單身貴族。」

「太好了，那我們有話聊了。」中杉垂涎欲滴似地將一片肉送到嘴邊。

我的世界很小，所以完全不了解他大概幾歲，社會地位有多了不起。我所能感受到的，只有他談及阿剛時，彷彿在評論魚類，保持著一定距離，而我並不會感到不快。這人讓我覺得，他就算討厭一個人，也會沉靜坦率地說出「我討厭你」。

有一種彷彿古雅的南洋國王專屬的威嚴。有權理直氣壯、順理成章地去「拒絕」、「厭惡」的高貴之人的任性坦率。

「話說回來，您本身應該很多原則吧？畢竟，您是位藝術家。」他說。

我像聽到驢子開口說話，大吃一驚。阿剛的週遭朋友裡，還是頭一次有人以「藝術家」來形容我的特色。

「怎麼說？怎麼會對我有這種感覺呢？」

「《經濟新聞》在您們剛結婚時報導過。我當時受到邀請，只是正好到國外去，無法出席婚禮。」

我想詳細詢問《經濟新聞》是怎麼介紹我的，但是那樣未免也太沒面子了，所以並未追問。其實也無關緊要。

「藝術家不管跟任何人都能相處融洽……只要有藝術，其他也就無關緊要了。」我說。「只不過……我可不是藝術家，所以很難搞，特別是對人這方面。」

「是嗎。我不是個藝術家，跟任何人都能相處融洽。唉，不對，只要結婚幾十年，所有男人都會有這種感覺，不是嗎？」我們笑了。我覺得，聊天變得容易了。

中杉淡淡地說：「那麼，那位先生符合您這位難搞藝術家的標準囉。」

「不……結婚這檔事，不就跟信仰一樣嗎？」

我不喝葡萄酒，要了摻水威士忌。暢飲之後剛才的煩悶一掃而空，感覺愉快多了。

「就是要『嘿咻』地一聲跳過去，一口氣信下去。跳不過去的人，永遠都沒辦法相信。只是，信仰純屬個人自由……因為沒辦法信教而被責難，是不對的吧。」

「沒錯、沒錯。不過正如西方某位大人物所說的，信仰也可以藉由習慣投入。有句話叫做『照章行事』，很多案例出乎意料的就是沒有那種『嘿咻』的衝動呢。像我就是如此。」

「啊哈哈哈。」

我們為了「西方某位大人物」乾杯。或許是因為我的笑聲聽來太開心了，阿剛在那瞬間往這裡瞧了一眼。

「手銬。」中杉看著我的手腕，露出微笑。

「是為了銬住先生？」他說。

本想說「先生也是一種首飾呀」，因為有趣，我微笑保持沉默。其實那全是我的美感在作祟。

我認為「人與人之間的對話」，不應該砰砰砰地像變戲法般你來我往。彼此展現機智也不錯，只是若不是相知甚深的朋友，總覺得這樣失禮。高超機智也存在於沉默之中……之所以會這麼想，或許也是坐在對面的小姑，宛如打網球般頻頻回話，那樣的身影過於鮮明所致。

撇開這個不談，對大姊而言，小姑的社交模式或許她較容易理解。

大家吃完飯，移動到客廳聊天時，大姊迅速教訓我說「看妳臉都紅了，別再喝了」、「不要只跟一個人聊天」、「不要傻笑」。喝了酒，臉就一定會紅啊。大姊還嫌了我的衣服。「不要穿喇叭褲，長禮服比較正式。老穿什麼牛仔褲，走路的姿勢會變得很粗俗。」

但是，我每次穿長禮服都會被阿剛捉弄，裙子被翻到頭頂上打結做成棉被捲，雙手被剝奪自由，成為他的玩具。我內心如此回答，但是接下來不免想入非非，我只好極盡所能地擠出高尚的表情，保持微笑。

「訂做衣服時，要找一個可以給你建議的人。」大姊說。

我想起直到不久之前，每個月都還有數十萬圓的服飾請款單。與阿剛剛結婚那一陣子，轉給他的請款單總是問也不問就直接付清。真是一位闊氣的丈夫。我當時著迷似地購物、訂製衣服。每次一口氣訂下六、七套，一換季，就再做十來套。

這麼訂製過一輪後，也膩了。而且，我是個一絲不苟的人，會耗費精力整理服飾，每次看到一整季都沒碰過的衣服就感到心痛，後來變得很討厭被那種東西綁住的自己。我討厭為了什麼而勉強自己。所以，後來又走回白色棉質T袖（胸口印有米奇圖案）以及牛仔褲打扮。之前那顆必須大費周章三天上一次美容院吹整的頭，也順道剪成了短髮。

富豪扮演遊戲、王公貴族扮演遊戲，頂多一年就夠了（相對的，不久可能又想玩了）。

客廳中，男人一組、女人一組各自開心聊天。最終，那是不論男女都能玩得最盡興的模式。

宴會結束後，我與阿剛負責送沒開車來的中杉回家。

「我想應該會喝酒，所以就沒開車來了。」他解釋道。本想叫計程車，但大姊堅持要阿剛送他。

「我已經酒醒了，沒問題。喝了熱咖啡，就能醒酒。」阿剛說。

中杉說：「您平常大概沒辦法用『喝醉了』當藉口吧。」

「不，我也曾用這個藉口蒙混過去呢。」阿剛說著笑了。「我就是用這個藉口打迷糊仗，才將太太拐到手的。」

「啊呀呀。」

我坐在阿剛隔壁，中杉坐後座。只是積架跑車的後座怎麼可能坐得舒服，他一定很想搭計程車，也可免去這些客套話，直接一路睡到家，想到此不由得對他報以同情。

大姊或許覺得讓阿剛送他回家是貼心之舉……但是，我討厭這種沒完沒了的貼心，常會覺得放我一個人想怎麼樣就怎麼樣才叫貼心。這社會實在太習慣將「多管閒事」、「妄加置喙」與「貼心」混為一談，對我而言有時真的是困擾。

我不知道外國如何，或許這問題肇因於日本這片濕潤黏人的風土。

不過，也可能只是因為我自己懶惰罷了。我現在對任何事物都沒有自信。

中杉的自宅位於過了西宮再走一大段的郊外山腳。竹林中，出現了一棟充滿日式風情的房子，外圍是一片竹籬笆。那是一棟很雅緻的新房子。

「像麻雀的小窩一樣，好可愛。」

聽我這麼低聲呢喃，中杉以散文般的聲調說：「但是離學校太遠，很受不了。」

我聞言，心想「他原來有個這麼小的孩子啊」。既然說「學校」，應該是上「小學」吧？

看著他向我們致謝，步入亮著水銀燈的庭院後，阿剛將車子掉頭。車子十分不穩地，喀啦喀啦作響地貼著路旁峭壁前進。

「黑漆漆的。這地方有夠鄉下的，土地應該沒多少錢吧。那房子蓋起來一定很便宜。」阿剛就是會說出這種話的男人。

「要不要由我來……開。」

「不用啦。妳剛才不是笑得很開心嗎？都在聊些什麼啊？」

「忘了……」

我是真的忘了。只記得坐在一起、聊得來，不討厭。就連我唯一的救星——總期待能聊天的泰雄，對於和他聊過什麼都不太有印象。

「那家公司的業績稍微下滑咧。」阿剛聊的都是這類話題，鮮少讚美。那時候，我才察覺，其實從很久之前，我就知道阿剛有這個毛病。如今也很了解。但是，那些話再也不像以前一樣字字句句都刺耳。該說我已經習慣了阿剛？又或是我下意識啟動自我保護機制，不再認真正視那些話語？當下意識自我保護機制崩塌時……阿剛的一言一行就讓我感到礙眼刺耳，簡單來說就是耿耿於懷。

這跟酒沒關係。

被大姊教訓後我就沒再喝酒了。要是喝了酒，反而多數時間能對阿剛更溫柔一些。

4

隔天，我到御影家去取自己的車。昨晚和阿剛一起回去，將車留在御影了。

大家都不在家，園丁與蒔田姨在庭園裡，幫我開了門。

「昨晚辛苦了。」我慰問蒔田姨。「後來收拾到很晚吧？」

「不會，賓客那方面還好，只是後來出了點事比較麻煩。」

「怎麼了？」

「我也不太清楚，好像為了戒指之類的事爭論不休。」

是好強的小姑針對大姊的戒指，抱怨了什麼嗎？蒔田姨面帶微笑，但我也沒興趣了解來龍去脈，並未追問下去。更重要的是，我今天也穿牛仔褲，大姊不在家讓我躲過一頓排頭，太開心了。

我將包包扔到後座，將車子開出去。今天是晴朗的春日。我無意間想起中杉的對句：「好季節、好女人」。

現在想想，才明白那不是在說我。

那是在說人生的歡樂。

還好當時沒有誤會他在稱讚自己而出言道謝。他大概只是對男人享清福抒發感懷吧。季節就算了，我不清楚女人算不算「清福」就是了。

大姊的宅邸離我們的公寓很近，但是我突然想兜兜風，於是沿著山路駛去。開車穿梭在阪神間的山脈，心情好極了，只要山崖一露臉，大海便會執拗地隨之現身。正覺得籠罩在新芽與樹液氣味的山裡悶熱，隨即看到林梢間出現一座時髦的禮拜堂。原來已經進入安靜清新的文教區了。車子一眨眼駛過熱鬧車站，穿過商店街，結果往下開過頭了。不過只要掉頭朝整齊美觀的住宅區一路往山上開就好。

這裡有座不見半個人影的遊樂園，只有花鐘的指針持續移動。園中一角放養著珠雞和雞，擺盪圓木沐浴在陽光下，彷彿有人剛離開走掉似地左右擺動著。

紫藤花架下的乘涼處，有兩、三個老人正在聊天。

另外還有個猴子籠舍，有些人圍在那裡。大家的視線全集中在同一處，鐵絲網中的猴子發狂似地亂竄。我納悶發生了什麼事，於是停好車，出去一探究竟。

這並不是因為「非得下車」的渴望，現在做的單純只是心血來潮地開車兜風、心血來潮地停車看看罷了。內心其實有種感覺，刻意煽動自己去獲得某種證明。

但是當走近猴子的小籠舍一看，那樣的心思立刻拋諸腦後，注意力全被吸引過去了。

原來是小猴子跑到柵欄外，籠裡的猴子擔心小猴子，氣得吱吱大叫。遊樂園派出兩、三個男人拿著大捕蟲網想抓小猴子，裡面的成猴卻誤以為人類想加害小猴子，所以憤怒地呲牙咧嘴。

「啊啊。」在旁圍觀的七、八個男人與小孩放聲大叫。小猴子害怕地想逃，差點就從柵欄上摔下來。

「猴子也會摔下來啊。」有個男人在我身旁笑著說。

我一轉頭，眼前竟然是中杉。我嚇了一跳，摘下墨鏡直盯著他，說不出半句話來。

「怎麼會到這裡來？」他不可思議地問。

「中杉先生才是，怎麼會在這裡？」

「那個，往裡走一點就是我家呀。這是我每天的散步路線。昨天謝謝妳。」

我還以為他今天宿醉休息，原來公司是週休二日，今天放假。

猴子柵欄（嚴格說來，裡面聳立著一個混凝土打造的露天猴島，從上頭罩著鐵絲網，說起來像個猴籠）靠近頂端，有部分鐵絲網破損，手掌心大小的小猴子好像從那裡趁隙脫逃的。

起初還以為有人要抓蝴蝶之類的。

年輕男子揮舞著白色的捕蟲網。

那隻小猴子實在太嬌小，用網子抓就綽綽有餘。

但是，吸引我或圍觀民眾眼光的，並非楚楚可憐小猴子的命運，而是猴王和成猴的行動。

在體格比其他猴子大上許多、臂力強壯，散發出頭目堂堂威嚴的猴王領軍下，二、三十隻猴子情緒激昂地繞著猴島跑。

牠們想要營救小猴子，卻被牢牢關在鐵絲網中出不去，渾身散發出焦慮的憤怒，發狂似地亂竄。即便如此，猴群都不忘集體跟在頭目身後，氣喘吁吁地往前跑。不論體型是大、中，還是小，全都跟著猴王跑，沒有任何一隻跑反方向。

猴群放聲鳴叫，一副「你們到底想怎樣」的神情，拚命奔跑。

掛在樹枝上的小猴子，在柵欄外發出不安又可憐的「吱吱」聲，讓猴群更加擔心，反而惱羞成怒（在我看來是如此），相繼發出爆怒的吼叫聲，氣到滿臉通紅。

後來，猴王索性不跑了，直接攀上鐵絲網，恐嚇似地對外面的人呲牙咧嘴狂罵（牠好像在說：「給我記住！」）。

不僅如此，猴王還從鐵絲網縫隙伸出長長的手臂，企圖抓住揮舞捕蟲網的男人或其他男人。

拿著捕蟲網的年輕人，目前爬上了樹，似乎想將小猴子趕下來。在樹下仰頭觀望的男人們，一邊指向搖動的樹葉叢，「那裡！」「啊，這裡！」引導著方向。

他們一舉一動讓籠中的猴群暴跳如雷。牠們似乎認定小猴子抓到以後會被殺掉。

猴王目光如炬、呲牙咧嘴，雙手抓住鐵絲網使力搖晃，渾身散發出無法營救小猴子的懊惱。

「猴子也會惱怒直跺腳啊。」我心想，一邊感佩地望著牠們。不過，我對變臉（猴子臉原本淡淡的紅色，比平日加深許多）的猴王萌生了些許恐懼。

要是沒有鐵絲網隔著，我們所有人恐怕都遭到爆怒的猴子以利爪撕裂。

猴王彷彿叫著「畜生！畜生！」（雖然牠才是畜生，卻對人類狂叫），抓了抓頭，又沿著柵欄奔跑。

結果，其他猴子又跟在後面跑了起來。就連抱著猴寶寶的猴媽媽，也是一手抱著寶寶，一邊緊緊跟隨。

猴王停下腳步發出吼聲時，大家也全都一起照做。

「……哇，這猴王還真是了不起呀。」中杉低喃。

那低喃充滿坦率，彷彿發自內心感到驚奇。同時又讓我鮮明地回想起昨晚宴會上的氣氛。

特別是，中杉在我身旁就座，望向座位相隔甚遠的阿剛，彷彿在評論動物園或水族館中的生物似的：「您先生真是一表人才，很有魅力呢。」那同樣不是挖苦，也不是讚嘆，只是單純坦率地陳述感想。眼前這一幕，讓我想起那種理想的距離感，純粹的驚奇。

能大方展現內心被深深打動那一瞬間的人，不論男女，我都很欣賞。進一步而言，能被單純事物打動的人，我愈喜歡。

中杉不論是看猴王還是看阿剛，都流露出「哇，真是嚇我一跳……」的感覺，真是可愛。我喜歡可愛的男人或女人。

「真的，好有權力喔。」我將墨鏡鏡架貼近下唇邊。

「的確是有權力，還有責任感。牠很了解身為一族頭目的責任與立場呢……」他話說到一半後彷彿變成自言自語，興致盎然地往籠內張望。

圍觀民眾變多了，其中還有推著娃娃車的年輕女子。聽到眾人高喊，抬頭一看，原來小猴子被年輕男人用網子逮個正著，抓著脖子送下樹來。

猴群的混亂與憤怒在此同時達到最高潮。猴王暴跳如雷，氣勢洶洶的模樣甚至讓人懷疑牠可能突破鐵絲網衝過來。

穿著灰色制服、看來像遊樂園工作人員的男人，不知道在說什麼，笑著將小猴子放進鐵絲網。看到小猴子被拋進去，跌坐在地，猴群隨即圍了上去。那隻小猴子真的只有一顆棒球的大小。

但是，猴王還在（感覺上）持續發飆。

遊樂園工作人員的大哥對此也很火大：「這個混蛋。虧我們這麼幫你，快道謝啊！」

說著邊拿木條往鐵絲網內戳。

猴王見狀立刻縱身一跳，用力咬住木條。緊接著不知道對那位大哥吼什麼。那樣子看來像在說：「給我記住！」

正如中杉所言，雖然是猴子，卻能清楚分辨出身為族長的責任與立場。

我笑說：「好威武喔。真帥氣，真像族長在拚死保護家人。」

「好諷刺。男人可能都不知道該怎麼辦才好。」中杉隨即回答。「剛剛那副情景，沒有親眼目睹反而好。以後如果膽怯怕事，會討厭自己的。」

我們兩人都笑了。

園中有一串紅或三色堇的花圃，我們朝那裡走去。

我覺得能與他偶遇是種驚喜，像這樣並肩前進也不會反感。對於他，我所感受到的，是有別於「喜歡」或「討厭」，某種類似「傾慕」的感覺，而這種感覺很好。「傾慕」這個詞彙不知道恰不恰當……只是用「安心」，好像又有點不一樣。

自從數年前歷經三浦五郎的失戀後，我就沒再對任何人懷抱著愛戀。那種男人來到身邊會怦然心跳，會偷瞄那男人的肩膀、手臂或臉，內心因為想將對方吃掉的強烈渴望而備受煎熬。

如今，那空蕩蕩的空間由阿剛進駐，但那只是碰巧有空房，「姑且讓他進來」的感覺（要是對阿剛坦白，他會有多生氣啊）。

話雖如此，也不能說我不愛阿剛，阿剛在各方面都能滿足我，只是這種類型與五郎那時候所罹患的感冒病毒不同。

我倒不是想再罹患一次當時的感冒，只是想到一輩子都不再罹患，感覺上又會有點遺憾，這樣的心情還真棘手。

現在多虧阿剛暫且填滿了空缺，平常是沒什麼問題，只是偶然可能如同鄉愁一般會回想起那種病。那種讓人「喀答喀答」直發顫的感覺突然襲來，以為自己發燒了，隨即又像身處北極似的渾身發冷的怪病。

但是，待在中杉身邊很舒服，與那種病無關，他似乎具備某種能讓女人放鬆開心的能力。

他穿著藏青色的短袖Polo衫、藍色的舊褲子，真像是直接從自家起居室走出來的。

我以前也有過中年情人，不禁心想「水野跟他，哪個年紀比較大呢？」。

我與水野結識於阿剛在淡路島的別墅，他是鄰棟別墅的主人。

我與那個男人的回憶，又是另一種病毒類型，是很甜美的感冒。等到情已逝，回想過往會讓人想說聲「多謝款待」。對方是個相處很舒服的中年男子，習於遊戲人間，卻不油腔滑調，所謂的「戀愛」對他只是遊戲，他卻很認真地陪我玩了一場，很有技巧地引導我，像跳了「一場輕鬆愉快的舞」。這段情後來被阿剛發現，當時我們還沒結婚，卻被狠狠揍到鼻青臉腫，房裡的家具器皿只得全部換新。

因為，憤怒的阿剛搞出足以震撼全大阪市的轟天巨響，將我整個房子破壞殆盡。

自從那件事之後，即便至今已結婚三年，阿剛還是厭惡到淡路島的別墅。

「那麼寒酸的地方，賣掉好了！」

阿剛雖然那麼說，但是他並非所有者，別墅是公公的，阿剛哥哥一家還有妹妹夫妻也常去住。

我們後來去海邊，總會選擇不同地點，像是志摩半島、和歌山或日本海一帶的飯店。

不論是阿剛或我，從此絕口不提「水野」二字。我不提是因為忘了，而阿剛不提則是因為還沒忘。

阿剛就是有那一面，他性格中的那個部分讓我感到煩悶也是事實。

但是，這一切或許是加害者與被害者的關係。

單就水野事件來看，阿剛感覺上是被害者，而我是加害者。

因為有過這段往事，我想到自己對中杉有好感，是否因為自己偏愛中年男子？

或許還有「物以稀為貴」的因素存在。

阿剛的哥哥也都是四十五歲左右的中年男子，但是感覺上很難相處，不太能打成一片，完全沒有中年熟男的魅力。

真要說起來，他們都算美男子，與典型日本美的嫂嫂站在一起，乍見郎才女貌的中年男女，但至少就我而言，從大伯他們身上完全感受不到像水野一樣的男人味。

平時偶爾也會見到阿剛公司裡的中年部長或課長，但在我眼裡，他們個個都跟石頭沒兩樣。更何況昨晚在御影家宴所見的賓客中，也有相貌堂堂的中年紳士，卻沒有任何一個男人能引起我的注意。

他們全都彬彬有禮、誠懇周到，但是我用聞的就知道，他們住在跟我完全不同的世界。

我或許都是以動物性的嗅覺來分辨同類。

那麼，中杉到底哪點跟我是同類？若是有人這麼問我，我也不知道該怎麼回答，只覺得他剛剛那種內心被猴子撼動，認真著迷的樣子很棒。

而且早上邂逅時與昨晚見面一樣，都有種無話不聊的氣氛。

「無話不聊」會不會就是一種天生的性魅力？

難以親近的男人一直以來都無法讓我感受到什麼魅力。

女人對於男人是否體貼或有魅力的嗅覺辨識能力，迅速到讓人嘖嘖稱奇。大概是被那些粗暴、冷酷、毫無魅力或毫不可愛的傳統日本男人訓練出來的吧。

可愛！

真的，這男人只要一笑，感覺就好可愛喔。我緊盯著他的臉。

他可能以為，我在暗示他為昨晚的事情道謝。

「昨晚多謝款待。」

「昨晚的料理，還喜歡嗎？」

「很好吃。我吃了什麼啊?」

中杉陷入沉思，真的很坦率、好可愛。餐點內容出乎意料地難以回想起來。只見他慌張地說：「對了、對了，貽貝湯很好喝。貝肉很棒，那道料理用了很好的貝肉。」

在公園逛了一圈後，回到了停車的地方。我準備上車，戴起了墨鏡。

「要不要去喝杯茶?」他主動提議。「時間方便嗎?」

「方便。」

「時間多得是。」我幾乎脫口而出。剛才想過，內心像有刻意煽動自己去獲得某種證明。現在才發現，原來那是自由的證明。我想告訴自己「我是自由的」。

我們走進一家公園外圍的小咖啡廳。店內沐浴在明亮陽光之中，還沒有其他顧客，空氣中流動著咖啡的香氣。

「我大概每天早上都會在這裡喝咖啡。」中杉說著，對櫃臺的女孩展露微笑。

我心想，他不在家喝咖啡嗎?太太是做什麼的?有孩子嗎?姑且不說太太的事，要問人家關於小孩的事，還真說不出口。

「小孩」就像書裡的註釋，是緩和夫婦關係的關鍵，另外也是判斷的資料。

與其問太太，問孩子反而更能問出夫妻感情的蛛絲馬跡。

「妳常發呆想事情吔。」中杉似乎有些意外地說。

我總不能說「是在想你的事」，只好說：「我在想剛剛那隻日本猴的頭目。」

他立刻回答：「啊，那個實在是比不上。與那麼稱職的首領一比，我絕對是二話不說，甘拜下風。」

咖啡來了，他喝的是黑咖啡。

「畢竟為了守護家人，那麼拚命地抵禦外敵。像我，大概還不如一隻猴子吧。」他自顧自地佩服不已。

「可是，男人多半都會那樣吧。」

「不，該怎麼說呢……雖然必須那麼做，但是無法這麼激動、全力以赴。唉，大概也就『邊走邊瞧』表演一下就過了一生吧。」

我忍不住笑了出來。他所謂的「邊走邊瞧」，意思是「看別人的臉色調整自己」吧。

而且，也不是特別指太太的臉色，還包括人生或工作各方面的情況。

話說回來，聽他突然說出「邊走邊瞧」這句話，心想「這男人還真不容小覷」、

「這男人絕非等閒之輩啊」。腦海莫名地浮現這樣的念頭。

所謂的「邊走邊瞧」（註一），本來是形容車子狀況不好時，提心吊膽地開開停停，一邊觀察車子「臉色」，一路撐到目的地。

另外也有努力想發動生鏽機器的語意。

「我也喜歡『邊走邊瞧』這句話呢。」我將兩手肘靠在桌上，雙手捧著杯子笑著說。「自己好像也是『邊走邊瞧』，好不容易修好了壞掉的機器，就這樣撐一輩子。」

「聽這麼年輕的太太說這種話，還真傷腦筋呀。」中杉說著露出一笑。「有那麼出色的先生，還需要『邊走邊瞧』嗎？」

「就是跟那種人，只能『邊走邊瞧』地撐下去了。先別管這個了……」我對中杉說：「我討厭人家叫我太太。」

「哈哈哈。」

「我從以前就不喜歡。」

「不這麼叫，就不知道該怎麼叫了。」

「我也討厭別人叫我中谷夫人。都結婚三年了，但不論過多久，總覺得那好像在叫別人。」

「這可麻煩了。」

「的確麻煩。」

「那要怎麼叫？」

「乃里子。」

「但是，我大概沒機會這麼叫妳吧。要是在妳那位先生面前這麼叫，會被他直接揍趴到地上去的。」

「為什麼？」

「那晚跟妳聊天說笑，妳先生可是緊盯著我們。我想他十分介意吧。」他看來很愉悅。該注意的部分他都注意到了。

果然擁有中年人的氣度，哪像阿剛，這麼細膩的事根本做不到。

「別說是叫『乃里子』了，從你先生的眼神看來，其他男人光是看妳就會讓他受不

註一：「邊走邊瞧」日文原文為「だましだまし」。

了。昨晚就是這種感覺。」

「怎麼可能。」

「那我們兩個獨處時，再叫妳『乃里子』吧。」

「這麼一來，等於是背著我先生藏祕密了。」

「豈不好哉。」中杉點了菸說。「成熟大人才有資格藏祕密。」

我也拿出一根菸，他順便幫我點燃，用的是香菸鋪賣的拋棄式打火機。

那感覺也很好。

在中杉身邊覺得很舒服，但與五郎當時的感冒不同，與阿剛在一起的感冒也不同。

似乎是一種處在「恢復期」的特別感覺。

5

我拿著蜜月旅行時從希臘買來、大概有新生兒頭部大小的海綿擦拭身體。一邊用海綿擠出大量肥皂泡泡，一邊享受那陣陣芳香。這香皂的香味是紫丁香，呈現透明的紫色，外觀是扇貝造型。我和阿剛都是這香皂的愛用者，但都記不住名稱，所以阿剛常從浴室大吼：「把那塊貝殼皂拿來！」

我也是半斤八兩，一旦香皂用完，打電話給百貨公司的到府銷售專員也說：「幫我送三打貝殼皂過來。」負責到府銷售的年輕人則回答：「貝殼皂是吧。了解了，多謝惠顧。」根本沒人想記香皂的名字。

當我使用香味怡人、濕滑的貝殼皂塗抹全身時，「奢華生活還真棒」的念頭是最強烈的。我穿著高價服飾，面頰在皮草上磨蹭時，也會有這種念頭……不過，那些東西跟幾十萬、幾百萬（還有，我對外人說不出口，我曾要求阿剛買了幾百萬的戒指給我）的鑽石或祖母綠一樣，都是看了自己開心，同時享受炫耀樂趣的物品，所以需要觀眾。

用大海綿擦拭身體時，不需要展示給任何人看，自己享受就好。那才是真正的富足，也為我帶來「正充分享受真正奢華」的心境。

若說到還有什麼欲望……這浴室如果能面海就好了……

公寓裡的浴室幾乎都被四面牆包圍，我喜歡的志摩半島飯店也一樣。那裡擁有足以讓人神遊的美好面海景致，浴室卻是幽暗、狹窄又溫暖的密室。我常想，要是能望著大海，一邊泡澡該有多好。

我不禁回想起位於淡路島的別墅。我指的並非中谷家的，而是隔壁水野的別墅。那別墅的浴室位於整棟屋子視野最好的地方，還有玻璃帷幕，感覺就像整個人泡在海水裡。浴室澡盆以檜木製成，整間浴室瀰漫著一股香氣。早上，浴室則沐浴在晨光中。

那個叫「水野」的男人非常了解何謂「奢華」。

阿剛覺得鑽石袖釦、黃金打火機又或進口車之類的，就是「奢華」；但我覺得，那些東西只能算是「奢華」的Lesson 1而已。

不過，得到我這個專屬的女人（「妻子」不論用寫的還是說的，我都討厭），或許是阿剛最高級的「奢華」了。

這點程度的自戀，我還有。阿剛是個自戀鬼，而我的自戀程度也不亞於他。

我淋著偏熱的熱水浴，順便用貝殼皂的泡泡洗了頭。我留了短髮，所以洗澡時便順便把頭一起洗了。這是學阿剛的。阿剛後面的頭髮全往上理，頂著一頭短髮，總在洗完澡後搓洗頭髮。將結實粗壯的脖子還有整顆頭搞得全是泡泡，沖完大量熱水後，用手掌抹去臉上的水，接著「呼」的一聲，稀哩嘩啦地坐進浴缸。宛如一隻巨大難纏的怪魚在興風作浪，我喜歡。

我學他的洗法，趁洗澡時胡亂將頭髮洗一洗，也不一定非得用潤絲或洗髮精不可。

在洗完澡後，我很享受用雪白毛巾擦拭身體，一邊用鏡子照全身的時光。

我現在比二十一、二歲那時，美多了。感覺上，我從不覺得過去的自己很美。

（那時候的事我已經忘了。那時候是那時候，我覺得現在是最美的。）

呈現淡琥珀色的柔滑肌膚、擁有細小骨架的身體、纖細高雅的肌肉，一小片一小片地緊緊包覆在骨頭上。

「最重要的是，不能變胖也不能變瘦。」阿剛這麼命令我。而我從十年前到現在，身材一點都沒變。反倒是習慣了有男人在身邊的生活，變得比以前更柔軟、更美了。我與阿剛婚後，一直負責幫我製作衣服的設計師，這陣子還納悶地說：「您的胸圍變大了吔。明明其他的尺寸都沒變。」

「是嗎？」我說。那肯定是阿剛造成的。

要說我的身體有什麼改變，大概只有胸部變大了而已。我的臀部小小的，身材也瘦瘦的。只是乳房變大了，但感覺也沒變重。

我朋友美美的胸部，隔著衣服目測，看來又重又軟。美美也不是因為生了小孩，胸部才變大的，她的胸部以前感覺就很大，沉甸甸地掛在身上。少女時代就是會看到擁有這種身材的人。

美美以前說過：「太大的話會自卑，肩膀慢慢自然會往前縮。」據說，讓人看到會有罪惡感，因此想盡量想掩飾胸部，不讓別人看見。

在那段時期，我以自己形狀漂亮的嬌小胸部為傲，總是不穿胸罩、走路抬頭挺胸，所以聽到時覺得：「會這樣啊。」

但是現在我都乖乖穿上胸罩。幾乎與內褲的顏色一致。會穿胸罩也是因為我那位服裝設計師的建議。她希望所有服飾都能完美地穿在身上。

（她大概也沒想到，我在家裡不穿胸罩、內褲，一絲不掛地披著一件高價衣服晃來晃去吧。）

皺綢、薄絲、喬其紗，我喜歡那些衣服在肌膚上的觸感，所以在家都不穿內衣。

阿剛也說，內衣會在身上留下痕跡，不喜歡我穿。畢竟，設計師推薦的內衣該說是像束縛衣呢，還是拷問刑具，總之就是會牢牢綁在身上，緊密貼合肌膚。穿個幾小時下來，連東西都吃不下。直到脫下才能鬆一口氣，彷彿瞬間登上極樂天堂。就是這麼恐怖。比起非人體自然美，我更喜歡人類的自然曲線，所以後來就不再穿那種正式塑身內衣，只保留了穿胸罩的習慣。

我用雙手手掌捧起兩邊乳房，把臉靠過去，感覺好像抱著淚壺。以前看過的洋片中，有一幕是羅馬大帝尼祿大吼：「把淚壺拿來！」朝臣急忙呈上小小的黃金壺，才剛跪下，尼祿因湧現的詩興而深受感動，滾落的淚珠就如同滴眼藥水一般，不偏不倚地落入壺中。

即便回想起這一幕，無法與阿剛分享。

對阿剛即使說什麼尼祿又或尼祿的詩如何又如何（激發尼祿詩興的，是他親手縱火，使其陷入熊熊火海的羅馬），他的想像絕對無法與我產生共鳴。即便談到淚壺，也無法引發他的興趣。反倒是聊聊去世的婆婆，還可能讓他眼睛一亮，覺得有意思。我與他之間，聊婆婆的事也比較說得上話。

這也沒辦法。

阿剛就是這種人。而三年來我也被迫習慣，逐漸覺得這本來就是理所當然，到了現在已經下意識裡，先做好了「這適合阿剛」、「這說了大概也是白說」的分類。

我覺得，這種下意識的運作機制再合理不過了，只是有時突然想到，還是不禁想問老天爺：「我是『善良體貼』的人嗎？」

「我所做的，算得上『善良體貼』嗎？」

總覺得我現在在做的，能讓我在很久很久以後，就算犯了罪，附近鄰居也會因此幫我連署要求減刑，集體幫我辯護。

長久以來，我就這樣持續溫柔地哄著阿剛。（以中杉的話來說，也就是「邊走邊瞧」）也因此，阿剛才覺得我是個非常合得來的伴侶。

「這說了大概也是白說」之類的話，可不能對阿剛坦承以告。但是，阿剛對這方面真的渾然不知，相信眼前的我就是他的「小乃里」。

蠢貨。

我怎麼受得了讓阿剛這等膚淺的男人，看穿乃里子本小姐的所有一切。

不只是我。

所有女人從外表看得到的，都只是冰山一角。

所以，妻子毫無預警地搞失蹤、搞外遇，丈夫大驚失色，甚至苦惱地抓頭：「完全不懂為什麼會這樣。」痛苦地掙扎。有些則會上電視，雙手合十哀求：「拜託回來吧。我不好的地方全都會改。我求妳了。」一邊留下男兒淚。

那全是因為女人一直以來基於某種善良，自行做了「這是適合對那個人說的話，就這麼對他說吧」、「這說了大概也是白說」的分類。我認為那是女人的某種自暴自棄，也是種體貼。

但是，也不能因此就說我討厭阿剛又或真的輕視他。對我而言，阿剛是個相處愉快的伴侶，很棒的相聲搭檔，也讓我感到平靜。

我雙手捧著淚壺說：「吾之羅馬正燃燒著……」一邊低頭磨蹭著雙峰，這才發現自己不自覺地做出阿剛常做的手部動作。

果然，真有被迫習慣這回事啊……

抓乳房（我討厭「奶子」的說法。美美卻能毫不在乎地說出什麼「奶槽」，沒有「討厭詞彙」的人種還真的存在呢）的方式，或手指遊移的方式呢，總之已變得和阿剛的動作如出一轍。而且，「女人」這種生物總是過著像畫作一樣的人生，近景很大、遠景很小、一片朦朧。對我而言，阿剛的言行現在感覺最為強烈，以前的男人早忘得一乾二淨了。

話說回來，女人胸部的乳房怎麼能白成這樣啊。還有肚子與大腿附近不太曬太陽的部位，好像純白牛奶融入一抹粉紅的顏色。那樣的顏色從肩膀到手臂，逐漸變成新鮮牛油的顏色。真不敢相信，這麼美的肉體總有一天會垂垂老矣，殘敗凋零到讓人不忍卒睹。

女人或許都是在這種心情下，一點一滴凋零的。正因為是一點一滴，所以本人不會察覺，即便察覺，或許也會拚命否認，寧願撇開視線、不願正視。

大銀幕上那些美麗的女演員，事隔多年再度演出時，面容已經衰老到讓人大吃一驚。同樣的事會不會也發生在我身上呢（雖然美美說我一點都沒變）？

是否以後嘴邊布滿鬍鬚般的皺紋、彷彿以墨汁畫上去的抬頭紋，還有蒼蒼白髮，皮鬆肉弛，連乳房都下垂呢？有些女人即便青春已逝，卻還是不甘心乖乖認命，拚命掙扎只想甩開那隻將自己拖走的蒼老之手，以為用大濃妝與假睫毛就能粉飾太平。我也會變成這樣嗎？

我不論如何都無法相信。毫無疑問的，我一定會變老，但到時候也不至於無法面對，拔腿狂奔逃離。

但是，我無法相信那個阿剛會變老。

我隱約有種預感，好像不會陪他到老。儘管如此，卻也無法想像與他分開。如果我獨自一人老去，大概會變得很怪吧。

猶如寡廉鮮恥的色情狂，只會追著男人屁股跑的低級女。要是變成那種工於心計、滿肚子壞水、臉上顯現出藏都藏不住的老態，卻自以為年輕的阿婆，會被別人如何輕視啊。

如果是中杉，或許還能從我身上至少找出一處優點，大加稱讚，讓我心情愉快吧。或許也因而覺得：「原來老，也不是一件壞事嘛。」又或「原來有些優點，是老了以後才能顯現出來的呀。」

但是，我現在還年輕貌美，枕邊人是阿剛。

所以中杉也不可能與我一起生活……

我光著身子走到起居室，踩在鬆軟的白色地毯上，穿上胸罩與一條小內褲。此時，阿剛回來了。

從按門鈴的方式就知道是他，於是我直接開門。

阿剛說：「我回來了。」一進門就一把抓住我的乳房，然後快步走進起居室。

「哇，好熱、好熱，好像夏天到了。」阿剛將上衣扔向沙發，解開領帶，迫不及待地想要衝去淋浴。

「我剛看了一下信箱，發現有限時信喔。」

「誰寄來的？」

「不知道。在我衣服口袋裡。」

一樓車庫旁就是整排信箱，阿剛經過時偶爾會幫忙看一眼，有信就會順手拿上來。不過，他也只有在早回家時會這麼做。他平常工作很忙，一週能早回家的日子大概就只有兩天。

我一看，發現是畫著一條大魚的明信片，原來是個展開幕酒會的邀請函。

我常接獲邀請函，不過已經很久沒再出席這些場合，因此也和以往的朋友漸行漸遠。阿剛無法接受我的朋友他不認識，既然如此自己來結識我朋友就好，他卻對我作畫或工作上的伙伴敬而遠之。我作畫的朋友中，很多男生都是頭一次看到阿剛這種很像青年會議所（註一）會員的人，不知道該怎麼與他打交道，所以都只跟我說話，幾次下來阿剛就更不喜歡參加我和朋友的聚會了。

這次酒會的主角是一個叫做「福田啟」的男人，他還很年輕，以前曾與我交情很好。（也睡過一、兩次）我很喜歡他的畫作，很久沒看了，很想再看看。

他這一陣子都畫什麼主題呢？背部是藍色、腹部是銀色的魚，困在紅色細網的另一頭。是一幅很夢幻又有意思的畫，他應該是選了個展的其中一幅作品，做成了明信片。

空白處寫著久違的字跡。

妳好嗎？

如果有空，請來看看。

我在個展期間，都會待在會場。

註一：指「日本公益社團法人日本青年會議所」，簡稱「日本ＪＣ」，以「促進青年商業菁英領袖交流並積極參與社會活動」為社團宗旨，活動據點遍布日本國內。

我抓著那張明信片跑到浴室，蒸騰的熱氣從敞開的浴室門流洩而出，再從走廊盡頭的窗戶飄出室外。

阿剛除了隆冬之際，一般不會把浴室門帶上。

「阿剛，我可以去朋友的畫展嗎？」

阿剛稀里嘩啦地使勁洗頭，沖過熱水後，「呼」地一聲正要坐進浴缸。那是他心情最好的一刻（果然如我所料），很乾脆地一口答應：「可以啊。」

我倚在門邊，放聲念出福田啟潦草的字跡，末了補充道：「……他是這麼說的。」

阿剛緩緩地將身軀沉入粉紅色澡盆裡滿滿一缸透明的熱水中，用手掌抹去臉上水滴。看來十分享受。他的胸毛如同海草一般，漂盪在乾淨的熱水中。此時他看向我，咧嘴一笑。

「是妳以前的男人？」

「白痴。你就沉到浴缸裡別出來了！」

我一走回起居室，就聽到背後傳來阿剛的大笑聲。

我穿上黃色的棉質洋裝，坐到陽台椅子上。

晚餐的事前準備都打理好了，用番紅花一起蒸的貝肉飯正熱騰騰地直冒煙，牛肉也是只要就座後，馬上就能烤好端上桌。阿剛喜歡感覺會滲血的半生熟。法式清湯已經熱好，葡萄酒正在冰鎮，阿剛喜歡的卡門貝爾起司已放在冰涼的玻璃盤上，一下刀就會濃稠地流出。在等待阿剛的這個瞬間，我又不由得想：「好奢華呀。」人生的奢華，女人的奢華，比這鋪張的奢華所在多有，但是我認為身邊有個固定的男人，我喜歡那男人，那男人也迷戀著我，才是極致的奢華。

看著那男人很舒服地將身軀沉入熱水……有時還會一起進入浴缸，坐在他膝蓋上一起泡熱水。熱水嘩啦嘩啦地全滿溢而出，水龍頭的熱水同時持續注入浴缸。兩人在蒸氣奔騰中接吻。看著阿剛胸部、腹部還有大腿的體毛，在熱水中搖曳擺盪，感覺像隻怪物。只要這麼一說，阿剛就會用手指撐起面頰的肉，做出恐怖的鬼臉嚇我。之後，又會拿起如新生兒頭部大小的海綿，細心搓出泡泡，搓洗著我的身體。塗抹完後，再淋上乾淨熱水，將背部沖洗乾淨……不知道為何，比起用肥皂滑溜溜地清洗身體，我更喜歡熱水順著背部流下的感覺。

可能因為阿剛在搓洗的時候，有一半是為了自己享樂，將我當作玩物；後來幫我沖掉泡沫時，才是純粹為了我，動作非常溫柔。（交往的男人中也有人是洗澡時很開心地洗，之後就叫我「隨便沖沖吧！」但那男人是誰，是水野還是其他男人，我已經忘了。畢竟，我是個記不起遠景的女人。）

我邊想，邊等阿剛洗完澡，就這麼坐在椅子上。我最喜歡這樣的時刻。

天空還殘存些許光彩，遠方眼底的港口與市區華燈初上，不會過於昏暗，天空還有淡紫色的亮光。山脈上方則殘留一抹玫瑰紅葡萄酒的色彩，山巒浸入一片濃色。空氣中滿是馨香，街上的喧囂稍稍爬上高地。在這樣的時刻，我覺得就要醉倒在這奢華的芬芳之中。

肚子正餓著，另外也期待著與男人親熱。我在這兩方面都處於空腹狀態，因此才會覺得奢華。期待被填滿的空腹，是最棒的了。

阿剛洗完澡出來，雙腳呈大字形站在白色地毯上，正擦拭著光溜溜的身體。他很喜歡俯瞰市區或港口。

我喜歡看阿剛的身體，喜歡那粗野的精悍。自從婚後，我就沒再看過阿剛以外的男人裸體，曾有一度以為所有男人都擁有阿剛那樣的體格。但是我明白，有像五郎沒兩三下就發胖，肚子突出的男人，也有像中杉看來健壯，身材粗短卻莫名引人眷戀的男人，總之男人的體格各不相同。

不過這一陣子，我已經喪失光看男人外表想像他實際體格的能力了。

我曾經擁有這種能力呢。

雖然不是太多，我過去曾與不同年紀的男人交往過。我現在已經忘了，但是當年的我具有之前提過的「回憶蒐集癖」，全都詳細記錄在日記裡。

皮帶「喀恰喀恰」脫下的聲音、如生物般被扔向空中掉到椅子上的褲子、各種頭髮的觸感、各種行為舉止的特徵。那無數旖旎夜晚、年輕男孩們，多虧他們，那時只要看到男人，透過襯衫或西裝褲就完全想像得出底下的身材。

所以才對不論如何示愛都無法到手的五郎，那麼地焦慮渴望。具體的想像力，實在讓人痛苦。

但是，我現在已經全忘了。

我的想像力早已退化，對於阿剛，從頭到尾都瞭若指掌，對其他男人卻不了解了。

阿剛穿著觸感很棒的府綢襯衫與牛仔褲走來，我對他說：「阿剛。幫我拿啤酒或摻水威士忌過來，我想在這裡喝。」

「妳自己過來拿。」

「要去拿就不想喝了。」

「混帳東西。」阿剛說著從冰箱裡拿出啤酒，腳一踢關上冰箱門，連同玻璃杯一起拎過來。

我跳過去一屁股坐到阿剛膝上。

阿剛整個人穩重又高大，將我完全包覆起來，感覺很舒服。

「喔。」阿剛手忙腳亂地將啤酒放好，注入兩個玻璃杯中，單手從後面緊緊抓住我的乳房，然後說：「乾杯。」

「要敬什麼？」我問。

「敬乃里大人的△△。」他隨即回答。

「哼。」

還說什麼：「說說看△△。要是說出口，當場給妳一百萬的支票。」

「小氣鬼，區區一百萬，哪能讓我說出那個東西啊。」說完阿剛便放聲大笑。

這一陣子，阿剛對於想辦法讓我說出那個詞彙很感興趣。只是，不論我喝得有多醉（我與阿剛兩個人，每個月大概會有一次喝得爛醉。若是在他人面前，像阿剛大姊，只要我稍微喝一點，臉就會紅，往往會被勸說「別再喝了」，他無法開懷暢飲。所以，與阿剛兩個人單獨喝的時候，如果身心狀況良好，便會毫無顧忌地大喝），又或即便與阿剛親熱得多麼忘我，就是不會說出那個詞彙。

連忘我時都不會說了，清醒時又怎麼說得出口。

「女人的自制力果然夠強大。」阿剛佩服不已。我實在不懂，非要女人說出那個詞彙的必要性到底在哪裡？男人心還真是不可思議。

「我好愛妳喲。」阿剛將舌頭伸進我的耳朵，邊舔邊說。

吃飯時也很開心。阿剛說已經喝過啤酒，所以不喝葡萄酒，改喝摻水威士忌。

我提起出去兜風遇到中杉，還有日本猴頭目那些事，阿剛也只回應「是喔」（果不其然）。

阿剛則提起預定在夏初舉辦的一族會。阿剛的外婆出身舊華族，每年會在東京舉辦一族會。聚會的名稱取自他們以前領地，山陰地區一座山的名字，阿剛和他妹妹每年都會受到邀請。

阿剛的異母兄姊因為沒有關係，不會受到邀請。這個一族會對於血統是很嚴格講究的。阿剛說，身為阿剛夫人的我，今年應該也會收到邀請函吧。

他曾讓我看以前XX宮王妃殿下與前內親王殿下為主，約數十人的全族團體照。

我並不覺得加入這樣的團體有什麼好開心的。阿剛一副深信我理所當然會參加的樣子說：「聽說妹妹他們也會去。」

「我說，阿剛呀，那些感覺會說什麼『萬福金安』或『請恕在下失禮』的高貴人士，說不定反而能輕鬆地說出口喔。畢竟，羞恥心是庶民才有的東西。」我拐彎抹角地說。

「輕鬆地說出口，是說什麼？」阿剛裝傻反問。

「剛剛，阿剛說的那個。」

「我說什麼去了？」

「白痴。」

「好像前面發音有個ㄋ的吧。但是，想不起來了。什麼去了？說出來，一百萬……」

「不管怎樣，都是我的錢了。真是的，反正等一下就會付諸實行了嘛。比起嘴巴說說，身體力行應該更貴吧？」

「『多說無益，做就好了』這句話說不定就是這樣來的。」阿剛說著又放聲大笑了。

6

我開車前往位於大阪的公寓，再從那裡搭計程車飛奔至舉辦福田啟個展的畫廊。

今晚穿著質地輕薄的藏青色喬其紗長禮服。禮服胸口散布著如同星子的銀珠，雖然是長袖，不過由於質地輕薄，整條手臂幾乎清楚可見。下襬有好幾層布料層層疊疊，呈現較深的美麗顏色。這是去年訂製的新衣服，都還沒穿過。我訂製的衣服實在太多，還沒時間穿就換季了，結果隔年忘了，於是又訂製全新衣服。我總是如此。

大量訂製這種「不能搭電車的衣服」，直到前年、去年為止都還是我的樂趣。

我將頭髮梳理得烏黑亮麗、平順服貼（我討厭將頭髮梳得蓬蓬鬆鬆的），只戴著一對鑽石耳環。這是人工鑽石。

（話說回來，以前的我很講究是真品還是贗品嗎？）

有一陣子沒有盛裝打扮，偶一為之感覺還不錯。

一走下畫廊地下室（那間畫廊分成一樓與地下室，地下室大多專門展出新銳畫家的作品），就有以前的朋友喊道：「啊，男爵夫人來了！」

大家都在傳，阿剛老媽的娘家那邊以前是男爵，所以才會這麼說。不過單人撲克中，還真有一種玩法叫「男爵夫人」。

擠在這小小會場的人，全都循聲望向這邊。我非常得意，踮腳踩著銀色高跟鞋，儀態萬千地走到會場正中央，大家隨即開心地為我鼓掌。

「妳還活著呀。」

「太好了、太好了，虧妳還能活到現在。」

其中有些傢伙說得好像我在雪山遇難，歷經數年才劫後餘生。不論哪一張臉，都讓我備感懷念。都過了三年，看來大家還是老樣子，當插畫家的女孩子頭髮染成金髮了；一個曬得很黑的女孩子說才剛從巴西回來，這種季節還穿著厚重的編織斗蓬；某女呢？聽我這麼問，就有人回答「來了」，一邊踮腳找人；問到某男呢？就有人告訴我「現在住在東京」。聽說，還有一個人放棄作畫，跑到印度去做瑜珈修行了。聽到這些消息，真讓人開心。

由於人實在太多，反而不太能好好欣賞牆上的畫作，不過其中已有畫作貼上紅紙。一個半張臉都是鬍鬚的男人，撥開人潮走來，在我面前微微屈膝。

「我美麗的羅珊公主。」說著親吻我的手背。仔細一看，來人原來是福田啟。

「怪了，西哈諾（註一）是個虬髯客嗎？你什麼時候變成這副模樣的？」

「什麼嘛。半個月不管它就長成雜草堆了。」

我們相互握手致意。

福田啟大概是蓄鬍的緣故，整張臉散發出老練的品味，感覺變帥了。他露出由衷懷念的雙眼，展露笑意。有些下垂的眼角，別有一番味道。

曾聽說男人共享女人後，會變成兄弟。女人也是，睡過的男人都好像一家人似的。對我而言，福田啟就像情誼深厚的兄弟。

啟問我要喝啤酒還是摻水威士忌。

註一：此處的「西哈諾」與「羅珊」，指法國著名歌劇《大鼻子情聖：西哈諾》（Cyrano de Bergerac）男女主角的名字。

「摻水威士忌。」說完，他便調了一杯遞了過來。正中央的大桌原本放著各種下酒菜或酒會小點，現在已經杯盤狼藉，被吃得一乾二淨。花束以及被包裝得像禮品的酒瓶被堆在一旁，我懊惱地想，應該帶瓶人家送的酒過來的。

「哇，只剩堆積如山的酒呢。」那語氣也充滿啟的特色，好懷念。

此時我也渴了，喝了一大口酒。

他見狀便說：「這喝法真棒。妳大概也喝習慣了。從表情看來似乎不僅已經喝習慣，也做習慣了吧。」

「做什麼？」

「這我就不知道了。」啟咧嘴一笑，用手指捏捏我的兩條手臂。

「哇……這肉好柔軟喔。果然，每晚都喝酒，肉質就會變得柔軟。」

「又不是松阪牛。」

兩人嘻嘻哈哈地笑著，邊走邊觀賞牆上的畫。我一手拿著摻水威士忌酒杯，一手挽著啟。在人群摩肩擦踵的情況下，還得注意別讓威士忌灑出來，挺累人的。在一大票人裡，我看到了跑藝文線的記者、廣播男ＤＪ，還有著名畫家等熟面孔。啟以前在百貨公司的公關部工作，這方面的人脈很廣。

製成明信片的那張畫，果不其然是個展中最好的一幅。個展作品中，魚或海底的畫作似乎占多數。他以前完全不用的色彩，如今都已揮灑自如，畫作感覺更有份量了。聽我這麼稱讚，啟直眨眼，開心地說：「那我下次要畫海裡的松阪牛喔。」

我承諾買下一幅有海星及魚漂浮於黑暗海中的畫作。

「這對新婚家庭來說，可能有點灰暗喔。」啟提醒我。

但是畫作裡的海，愈往上方變得愈明亮的色彩很美，感覺得出啟在創作這幅畫時很開心。

我（不知道是因為酒精還是畫作）的情緒逐漸亢奮。

「這邊這幅畫很棒！」

「不，這個……」

像這樣交談的人們、沐浴在明亮燈光下的美麗色彩，眼見此情此景，我也暌違已久地再次燃起想畫點什麼的興致。

「如果處在一個不需要畫畫的情境中，也沒必要非畫不可。」啟老實說。

「妳看來很幸福喔，乃里。……唔，要畫也行啦。不論如何，不要勉強自己。」他找到我的手指，緊緊握住。

啟變得好成熟沉穩。

已經好久沒像現在這樣，感受到一股彷彿全身血液發出巨響、徹底活化的快意激昂。

就像被雨水敲擊而驚醒，逐一回想起親身曾經學會的事物。

松節油的氣味、咬著色鉛筆心無旁騖地投入工作的感覺。

被時間追著跑，持續響起的電話鈴聲。

當時畫出來、保存下來的畫作。

埋頭拚命作畫，覺得疲憊時才發現整天都沒進食……諸如此類的時刻，猶如漫步在雲端的心情。

我回想起這一切。

當我與經過的某人交談，一邊喝著啟為我調製的摻水威士忌的當下，已醉意甚深。

實在好舒服，我試圖舉步向前，卻像復健的病患腳步蹣跚、東倒西歪。啟抓住我的手臂。

不久，我感覺似乎有人正緊緊盯著我們。後來才發現，有數張椅子靠著一面沒有掛畫作的牆面擺放，很多人都坐在那裡休息，其中一位女士正看著我與啟。她穿著一襲全黑的服裝，戴著帽緣很寬的帽子，腰部挺直，身材瘦高。一雙鞋跟像筷子般又高又細的鞋子，雙腳優雅地套在其中。她表情嚴肅、儀容端莊，就像個女老師。她抽著菸，指甲修剪得極短，沒塗上任何顏色更顯白皙。她饒富深意地望著我。

此時，女人身旁的男人發出一聲「呀」，仔細一看，我嚇了一跳。竟然是中杉。

他親切地說：「我們總在奇妙的地方相遇呢。」

「兩位認識？」啟問。啟一直以來像女孩子一樣，有使用敬語的習慣。那反而與大鬍子臉上的溫柔雙眼相得益彰。

中杉介紹了那位女士。他們兩人看來年紀相仿，我本以為是他的妻子，結果不是。她是他的老朋友，是位鋼琴老師。啟與她相識，所以是她介紹中杉來這個酒會的。

「敝姓原。」她從同樣是黑色的布製手拿包，拿出女性用的小張名片，上面有鋼琴教室的名字「原梢」。她的聲音比外表更為冷靜，語調不疾不徐，會說話的表情也很棒。我經常被「會說話的表情」吸引。中杉不知道是要幫她做人情，還是真的想要，在推薦下買了畫。

中杉與原梢對畫作稍微交換了意見，福田啟站在遠處，兩人同時望向他。宛如是看著幼稚園孩子嬉戲的園長與家長會會長，彼此在討論著幼稚園設備擴充般，談論著啟的畫作。

但是，中杉沒多久就衝著站在旁邊喝酒的我，露出一笑。「原來如此。不愧是讓中谷先生傾心的美人哪。跟這襲禮服也十分般配。」

這話說起來，其實與看到那隻猴王的感佩沒兩樣。但是我還是很開心，臉都漲紅了。這不只是因為喝醉。

我心裡是這麼想的。

1. 這男人看透女人的心思。
2. 對女人很有一套。
3. 對女人有興趣。

正確的請畫○。

全部都是○。

酒會進入尾聲，我與中杉步上畫廊階梯。

啟與我握手問道：「妳要直接回去嗎？」他的意思大概是「一起去續攤吧」。

我還是回答：「我要回去了，再見。要打電話給我喔。」

但是，我並沒有告訴他電話號碼。我不希望任何人來我住的公寓，所以沒告訴任何一個朋友。我不知道為什麼。或許是覺得自己過著奢華的生活，不想讓老朋友看到吧。

會不會有人來借錢的擔心倒是其次，最重要的是，我怕一旦有人進入我與阿剛兩人住的公寓，就會沾染到如普通集合住宅般的俗世污垢。

位於大阪那間公寓的電話，所有朋友都知道。只是，我現在已經不常去那裡了，前一陣子美美突然跑來，而我也正好在那裡，純粹是偶遇。

要是啟打電話過去，也只有電話鈴聲持續迴盪在空無一人的屋裡而已。

原梢與我們一路走到畫廊玄關。她很高，與中杉並列幾乎不遜於他。就我看來，這位原女士（就是有那種感覺）似乎也遲遲不願與中杉道別。她還依依不捨地站著與中杉交談。

我莫名覺得，這個中杉雖然沒人看好，但其實應該很有異性緣。所有對中杉懷有好感的女人，都覺得只有自己喜歡中杉，暗自洋洋得意因為自己的慧眼，看到這個人的優點。

「只是，這樣的好感也不值得大驚小怪的」只要是女人，實際上都是這麼看中杉的。

我也說不上來，就是有這種感覺。

原梢說要搭地鐵回去，中杉說那他也搭地鐵吧。

我連忙對中杉說：「回到我在本町的公寓就有車了。反正順路，我送你吧。」

最初他拒絕了。但是我靠著酒意極力遊說，此時正好又有計程車經過，兩人終於搭上了計程車。原梢打過招呼後，就離開了。

我隱約有種打敗了她，贏得中杉的快感，所以很開心。我們在公寓前下了計程車，本想直接走到地下室的停車場，卻臨時起意說：「這裡是我的工作室喔……要不要瞧瞧？」

「這，但是時間也不早了……」

「我醉了，還不能開車。這樣會直接掉進捕鼠籠裡的。」我說。中杉露出拿我沒辦法的表情，跟了過來。

電梯往上爬升之際，我拿著幾乎一手就能掌握的銀蔥小手拿包，靠著中杉，唱起這陣子的流行歌〈大家都已遠去〉。

「喝得很痛快嘛。」聽到中杉出言嘲弄，我用鞋跟踢他回敬。

「痛。」他老實地這麼說。

我拿鑰匙開門時，感覺得惴惴不安、雀躍不已，簡直就像是情人、夜晚都再次回到了人生，還有青春也是。

（好像在很久以前，也曾有過這樣的事……）

是和男人一起回到這個房子嗎？

一開燈，中杉一臉稀奇環顧四周，感覺非常可愛。

「這裡還有畫，來看看吧。」

我讓他看了以前的畫作。畫中有個裸體的女人，戴著一頂大帽子，緩步走向夕陽中的原野。

「屁股真可愛。」

他坐到沙發上發表評論。

「除此之外，沒什麼好說的嗎？」

「我不喜歡在本人面前讚美。」

「不在本人面前讚美，什麼時候才要讚美？」

「發酒瘋囉。」他笑了。我坐到他身邊，靠向他，將手放到他的膝蓋上，抬起臉龐。

我閉起雙眼，噘起雙唇。

中杉輕輕在我的額頭一吻，似乎非常嫌麻煩的感覺。

「討厭啦。」我這麼一說，就被他推開，還說了一句：「真沒辦法應付這個醉鬼啊。」

「那個，能不能幫我泡個茶之類的。」聲音裡完全沒有醉意。

我露出裝傻充楞的表情，用槍一般的食指抵住他的胸口問：「你信不信一見鍾情？」

「信，我信。」中杉彷彿鸚鵡學舌地回答。「不這麼說，感覺會被殺掉。」

我聞言笑了出來。

我喝著熱的黑咖啡。

中杉沉著地抽著菸。

這男人不論在哪裡，都不會倉皇失措，永遠保持沉著吧。

「我實在無法想像有人能在中杉先生晚上睡覺時，偷偷割下你的首級吔。你這個人，是完全沒有可乘之機的吧。」

「不知道。因為還沒被人家割過。」

「啊哈哈哈哈。」我實在很想和他徹夜把酒言歡。

聽我這麼一說，他回答：「下次找妳那位先生一起吧。」

他那句「妳那位先生」的發音，首次聽來摻雜了那麼點輕蔑。

「而且，那樣就不能開車囉。」

「又不是沒有計程車。開車還真不方便啊。」我這麼一說，

他回答：「不方便、不方便，像我要喝酒，所以不開車。去程還好，回程大家都得把車扔下回家。」

「開車，只有在偷情的時候方便。」

「什麼啊，還真是豪氣的感懷啊。」

「不，這全是我的想像啦。」

「真的？」

「真的。」

我是婚後才學會開車的，利用車子偷情、不道德的戀愛或外遇經驗一概沒有，況且我偷情那時候也還不會開車。

公寓中靜悄悄地沒有半點聲音。

「反而市中心比較安靜呢。」我們異口同聲說。

我們將車從地下停車場開出來，到地面時，才發現下起了春雨。

車子的擋風玻璃被打濕，看著浮現在車頭燈光線中的雨勢，我陷入沉默。

因為我又想起了，以前不知何時曾有過此情此景。雨、被淋濕的街道，還有身旁心儀的男人。

那是讓人不知所措的苦戀。和阿剛在一起，絕對不會想起這些事。

這得歸咎於啟今晚的酒會嗎？還是全因為以前在那間小公寓自立更生、開心工作的年輕歲月（話雖如此，才三年前而已……）回憶，突然湧現心頭，讓我陷入悲傷的混亂呢。

以前痴痴迷戀、朝思暮想，極度想得到的五郎的回憶。

是的，有一次我舉行個展的晚上，曾與五郎一起回到這間公寓。

我想對五郎示愛，整個人坐立難安。但是如今的我，已經沒有那種死心眼的純真心境。那種彷彿情竇初開的小女孩所專屬的、一個吻就能終生銘誌於心的滿足感。

現在有的，只剩隱約感覺「以前、曾幾何時有過這種事」的悲傷。

「中杉先生，會不會有這種感覺？好像這種場景、情緒，以前曾經有過……」

「有啊，只是如果每次都還會覺得感佩或驚訝，就代表還年輕。」他輕鬆地說。「人一旦上了年紀，就會覺得，現在做的將來也一定會做同樣的事情。」

「啊哈哈哈。」

中杉他與阿剛就不同層面的意義而言，也是個能讓我開朗起來的男人。

「而且甚至還能預知，到時候應該也會說『以前是不是有過同樣的事啊』。」

「呵呵呵。」我笑了，然後問：「中杉先生幾歲啊？」

「四十七。」

「活到四十七，就能那麼想了嗎？」

「不，我從二十幾歲就有這種想法了。」

這我相信。我們後來聊起福田啟的畫。

「算是，不錯吧。」中杉話說得保守，不過對他而言，應該已經是頗高的讚美了。

「請問，你與原梢小姐是老朋友了嗎？」

「是呀，我們是小學朋友，算起來也有四十年的交情了。」

他說完立刻又說：「她是福田啟的資助人喔。」

「啊，是嗎？」

「算資助人或情人吧。」

「原來如此。」

「這兩、三年都住在一起。」中杉淡淡地說。

心裡有種「啊哈」的感覺，好像舞台上的布幕輕飄飄地降下，一切的一切都有了答案。所以啟的那股沉穩，與其說是畫作變得有深度或人格修養到一定程度所自然散發出來的，更像是一個男人習慣了女人陪在身旁所散發出的沉穩。

看我獨自發笑，中杉問：「怎麼了？」

「沒有，沒什麼。」

「太太你……」

「乃里子。」

「乃里子，妳的開車技術很好。以女人標準來說，開得很好。」

「大概是因為沒生孩子的關係吧。」我一本正經地回答。

「孩子與開車技術有什麼關係？」

「我先生常說，女人只要生了孩子就會變笨。」

阿剛不想要有孩子。

他說，只有笨蛋或窮人才會想要有小孩。對我而言，那樣的阿剛是值得相信的。因為，我能從中感受到阿剛「為了兩人世界孤注一擲」的熱情。我原本對於向中杉提及此事也有所顧忌，要是中杉有孩子，就不好意思了。或許他對於此事也有意見，真心認為「女人不生孩子也是笨蛋……」

不過，中杉畢竟是位有道德良知的紳士，他不發一語，我自然也沒再多嘴。

他淡淡聊起，原梢很喜歡年輕男人，一再當資助人，到手後又被人家跑掉。

據說，啟前任那個少年是雕刻家，有一天說「我去剪個頭髮」，從此一去不回（這句話，後來就成為我與中杉道別時的暗語）。

我將車停在中杉家門口時，他說：「那我去剪個頭髮囉。」下了車。

我變得好喜歡他，忍不住一個人笑個不停。

7

阿剛為了高爾夫球旅行，到九州去了。他是個愛玩的人。據說是應酬性質的高爾夫聚會，大伯也一起去了。

我在心裡盤算著阿剛不在的期間，或許可以去大阪的公寓過夜，重拾睽違已久的畫筆。阿剛說完「會住個兩晚」就出門了。

結果，可能受到福田啟的畫作影響……突然好想看海。

感覺看不到海，就畫不出來。

普魯士藍的海、翠綠的海。
從近海開始明顯出現色彩變化的海。
輕拂過樹海的風。
那是在淡路島別墅看到的海。
起心動念後，任性的我想立即啟程。即便阿剛事後嘮叨，也無所謂。
我打電話給嫂嫂。「淡路的別墅現在怎麼樣了？」
「之前還去過啊，還有好多罐頭在那裡呢，米也是……吃的方面，只要帶點蔬菜過去就夠了。」
「所以還在囉，跟以前一樣。」
「妳在說什麼啊。對了，你們家都不去那裡吔……小剛以前明明那麼喜歡在那裡游泳。」
我跟隔壁主人搞上了，還被阿剛抓包，從此那裡就變成我們的禁地……這叫我怎麼說得出口。況且，那都是我與阿剛婚前的往事了。
一掛上電話，我火速打包。

我打開畫具，調色盤的味道讓人懷念。素描本、筆記本、些許換洗衣物。雖然現在還不到真正的夏天，不能游泳，我還是將泳衣放了進去。還有，看到一半的愛情小說。

我的車開得挺快的，在日正當中時就抵達了目的地。「就算想當天來回，也趕不上渡輪呀。」我這麼想，一邊也質疑自己，「都大老遠跑到淡路來了，為什麼非得當天來回啊。」

闊別兩、三年，別墅附近開闊了不少。樹林被剷平，蓋了很多別墅。路上的車變多了，樹木被砍掉了，山裡也變亮了。本來擔心的海，還維持美麗的顏色，沒有公害地區的那種土色。

別墅感覺上變舊了點……是因為大伯一家或小姑夫妻他們，常帶孩子過來住的關係嗎？孩子的塗鴉或惡作劇，讓家具或牆面到處都是污損。

我一放下行李，立刻跑去看海。海岸還不到游泳季節，沒人清掃，散布著整個冬天推積的垃圾。從海邊回來後，看到隔壁的別墅，同樣也是老樣子。別墅的窗戶或玄關全都緊閉著。

我沒心情作畫，始終躺在二樓床上看海。

此時，還沒結婚時被阿剛帶來這裡的回憶，逐漸浮現心頭。

阿剛當時還把我放在這裡，跑去市區旅館與別的女人幽會。但是，那如今已成為讓人懷念的回憶、與阿剛提起兩人大概會哈哈大笑的回憶。

不過正確來說，我懷念的並非那樣的回憶，而是我那時候的生活。

我那時候的渴望、欲求不滿，有時幸運邂逅的男人們的戀情。

我不知道什麼時候睡著，一睜開眼已是傍晚。大海蒙上陰影，夕陽也都早已西沉。

這裡沉入播磨海域的夕陽很壯觀，我本來很期待那樣的景色，錯過了覺得很遺憾。

我走到一樓開燈，放了洗澡水。我因為不習慣，花了一段時間。這裡用的是燃煤熱水器。仔細想想，以前阿剛帶我來的時候，總是洗冷水澡。

可能是為了念小學的女兒或國中的兒子，這裡貼著一張嫂嫂寫的字條，圖文並茂、淺顯易懂地說明使用方法。

上面寫「**一、氣閥往右轉至『開』。二、確認火苗後轉到30。**」連我這個初學者都做得到。

我仔細根據說明操作，終於聽到類似小規模爆炸的「轟」一聲，火就順利點著了。

太好了。

那張說明書做得還真不錯。笨蛋是做不出來的。阿剛說生過孩子的女人會變笨，但是笨蛋或許也能以自己的方式，走出一條路來。

在等水熱的期間，我搜尋過廚房，洗了米，煮了點飯。

後來打開罐頭，從冰箱拿出啤酒。

這裡有海苔醬罐頭、吃剩的海鮮甜滷等，感覺很孩子口味的食物，正如嫂嫂所言真的還有很多。我喝了啤酒，靜靜地一個人待著，感覺就像回到了從前。

一個人吃飯。

一個人洗澡。

但是，心情卻截然不同。那時候真的是孑然一身，孤單的感覺滲入身體。

我現在有阿剛，頂多只在阿剛回來前的這段時間獨處。現在的生活，不論食欲或是男人，都完全確保能夠獲得滿足。事實上，這原本應該要感到非常幸福。

對了，我一直都忘了「幸福」這個詞彙。

我都以「奢華」來形容讓阿剛與食欲滿足的生活，卻從來沒用過「幸福」。總覺得以前的生活裡似乎是有的。但是，我現在卻不想要回到以前的生活。

（沒有固定男人的生活，實在貧瘠。）

我是很傳統的女人，喜歡固定與一個男人生活。我討厭自己臉上也浮現出那種曾在原梢臉上看過，彷彿女吸血鬼般的表情。

我並不討厭那個女人，她代表了一種風格，很有個性、很棒。只是覺得要是到了那個年紀，也變成那副表情，實在叫人難受。

說不定，所謂的「幸福」就是那種神情。一定要到必須承受眾多難堪的中年，被小到能當自己姪子或兒子的男人玩弄，被迫歷經這些慘痛的教訓……或許才會顯露出那種表情。

只是，當她如同吸血鬼般，屈身俯視年輕情人的睡臉時，或許覺得非常幸福，而不是覺得奢華。

我吃完飯去洗澡。熱水泡得身體好暖，很舒服。由於浴室也髒了，我還用去污粉清洗了一番。我事先將起居室的收音機打開，讓我人在浴室也聽得見，不過收音機都只播放〈大家都已遠去〉這首歌。

泡澡泡了好長一段時間。好不容易走出浴室，全身都籠罩在蒸氣中。

夜裡這附近的氣溫會急遽下降，覺得冰涼甚至寒冷。我在鏡子前面，花很長一段時間塗抹身體按摩用的乳霜。然後再次進入浴室，洗掉乳霜，撲上芬芳的爽身粉。我還帶了指甲油，塗塗腳趾甲也很開心。

陽台下方是一片樹海，海潮聲在黑暗中從遠方轟然逼近。頭髮在風的吹拂下，我感到寒意，便匆忙關上窗戶。

我拿著威士忌走上去臥房，喝著酒邊看愛情小說，不知不覺就睡著了。

醒來時才六點左右，天色已亮，大海也已完全甦醒。

海潮的氣味好香。我心情愉快地開了窗戶。

晴朗的初夏，海風雖冷，但遠方江井的漁港全都一覽無遺。

只是群山環繞的深處似乎還在沉睡。

我洗完臉，立刻穿上黃色喇叭褲與白色T袖，另外添了一件黃色外套（雖然是夏天清晨，外面氣溫仍是讓人覺得冷），雙手顫抖地穿上襪子（很想快點外出走走，而感到焦慮難耐），隨即衝到戶外。雖然市中心的雨夜也很棒，但當我聞到鄉下山或海的氣味，如同德古拉聞到血的氣味（讓人不舒服的比喻），彷彿又重新活了過來。

我沿著山路走到隔壁別墅前方，不經意地望了過去，發現停著車子。我嚇了一跳，有人來了嗎？

山頂上蓋起了別墅，松樹林整個被砍掉了。但是山的氣息依舊濃厚，隨處綻放著野百合。

我的褲腳被露水沾濕，一邊往下走。當我斜眼瞥過水野家別墅前方時，未見半個人影，只是有個男人就在門邊的一棵樹下吸菸，他轉向我說了句：「早。」

那是暌違三年的水野。條紋襯衫外搭了件藍色外套，曬黑的臉龐掛著笑容。我感動到胸口一陣緊縮，雙手抱著百合花，立正站好、像個畢業生代表畢恭畢敬地禮貌低頭：「早安。」

「什麼時候來的？」

「昨天。」

「我昨天夜裡很晚才到。四月以後的每星期六、日幾乎都會過來。」

我沉默地點頭微笑。如今看到水野感覺像是五十一、二歲。我當初回城後，偶爾也會見水野。在我的公寓、還有其他各處。後來才發現，我與他的回憶就像家具重新移位，只是從腦海中的一角搬到了另一角，絲毫不曾遺忘。所謂的「幸福」記憶，或許就是如此。我感到怦然心動。

「一個人？」他問。

「一個人。」

「中谷先生怎麼樣？」

他這麼問當然是知道之後我與阿剛結婚了吧。怎麼樣……還能怎麼樣。我與你的事被抓包後，引發一場大騷動，讓我置身人間地獄……我忍住想這麼說的衝動。

「他在九州打高爾夫。」

「唉呀呀。明明淡路也有高爾夫球場啊。」水野笑了。

好不容易在淡路有間別墅，以後卻不能來啦，心裡一陣惋惜。有個像水野這種有魅力的男人在身邊晃來晃去，讓我心猿意馬得不得了。畢竟，就連啟那種男生都能讓我萌生像自己人的親切感了，要是與水野共處，恐怕會想親身請教他「奢華」與「幸福」的差別了。

「我一大早到江井市區，買了魚回來，分妳一些吧。」

對了，這個男人的興趣是這個。

自己買食材做菜。

「太可惜了，我這次只有一個人，吃不完會壞的。」

「我借妳冰桶吧。帶回去吃怎麼樣？是叫『櫻鯛』的魚。」

「可是，我回去以後也是一個人。」

「妳還真是清心寡欲啊。」

水野對鮮魚似乎有著特殊嗜好與執著。

這一點也令人欣賞。重視自己人生中重要的事物，我喜歡這種人。

現在要是走進水野家拿魚，不知道會怎麼樣。這個男人非常擅於營造氣氛。那股渴望悉聽尊便的誘惑，煎熬著我。但是，我最後還是回答：「我下午就回去了。那就……再見。」

「妳夏天還會來嗎？」

「嗯，會來。大概是一個人來。」我伸出手，想與他握手。「可以再見面，真好。」我笑說。

水野如槍口般的雙眸瞬間精準地盯著我，不愧是機靈世故的男人，沒多說廢話，便笑吟吟地乾脆握手。

「代我向中谷先生問好。」他說。

這一點也很棒。單憑以前睡過，就顯露出過分親暱樣子的男人，是個人渣。與謝野晶子（註二）的詩歌也說過：「思及男子以親狎之態近身，便對煙花風月意興闌珊」。

水野末了還講解淡路的鯛魚有多好吃。多虧他的講解，我後來連淡路島的漁獲量、漁會業績都知道了。

關於水野，阿剛以前曾有段時間一直在說他的壞話，「有個寒酸賺不了錢的公司。」但就我看來，阿剛貶抑的男人不論公司業績如何，都非常有魅力。

只是在大門口聽他講解櫻鯛的當下，我感覺今後應該也不會再與這個人有什麼牽扯了。

8

阿剛曬得很黑，神采奕奕地回來了。看來似乎玩得很盡興，是那種「所向披靡」的好心情（有沒有這種說法呀）。

阿剛每次回家時，都像帶著戰利品歸來的戰士般意氣風發，這一天更是如此。只是，據他本人表示，是因為想到回家有我在，高爾夫打起來就更有意思了。

「高爾夫是不錯，只是人太多了。而且還有一些亂七八糟、不三不四的人。那些窮酸傢伙，幹嘛有事沒事搭飛機特地跑到九州去啊？」

明明自己也去了，卻還這麼說。

「唉，庶民真討厭，說起話來一點教養也沒有，小家子氣、又窮酸，那種人連看都討厭，一副醜樣，滿嘴白痴話，又吝嗇……」

「呵。」

註一：明治昭和時期著名女詩人、作家、思想家。最為膾炙人口的作品為歌集《亂髮》，該作大膽歌頌女性官能與澎湃熱情，推出後引發熱烈迴響。其後作品，內容多以男歡女愛為主，為當時浪漫主義派短歌詩人的指標性人物。

「只要是庶民，男女都討厭。」

「是喔。」

「庶民、大眾、人民、窮人、一般人，還有其他一堆人，全都討厭。」

「唉呀呀。」

「有錢人也討厭。」

「喔喔。」

「我只喜歡乃里大人。給妳一百萬，把那個說出口，就會更喜歡妳。」

「你夠囉！都跑到九州打高爾夫球了，回來卻一點長進都沒有。」見我端起架子來，阿剛開心地放聲大笑。

他一邊將貝殼皂揉搓起泡，擦抹全身，一邊吹著口哨。

「妳哪兒都沒去嗎？」

聽他從浴室大喊，我本想回答「哪兒都沒去」，但是為了避免阿剛事後知道些什麼而囉哩囉唆，我還是說了。「我去了淡路島！」

「什麼？」阿剛全身泡沫光著身子跑了出來。

我忍不住笑出來。阿剛或許是想逗我笑，誇張怒喝：「一個人？」

「一個人。」

「去幹嘛？為什麼非得去淡路？想去別墅，六甲也有啊。我人一不在，就給我到處亂跑。更何況，那個淡路有什麼含意妳又不是不知道，是去跟那個混帳東西王八羔子見面嗎？」

阿剛所謂的「混帳東西王八羔子」，指的是水野。

「為什麼非得等到我不在時才去！」

我明白阿剛假裝勃然大怒，是種讓開心時光更開心的技巧。所以我一派輕鬆地回答：「不就是為了死灰復燃才去的嗎。」

「妳還真說得出口呀。所以咧，火燒起來了嗎？只是那個大叔也有年紀了，只能寒酸地冒冒煙而已吧。」

阿剛覺得只有自己財力雄厚、年輕力壯。

「哪會啊，簡直像澆上汽油一樣，燒得可旺了。」

「妳在胡扯什麼！給我記住！」阿剛一副氣沖沖的樣子，又走進浴室，接著放聲大笑。

吃飯的時候也很開心。阿剛為了討我歡心，從九州帶回各式各樣的名產，說今晚要喝日本酒。阿剛妹妹的婆家，是位於西宮的釀酒廠。平日常拿到那邊剛出窖或特級的酒，因此家裡總有源源不絕的日本酒。他說喝冰的比較好，所以沒溫酒。

後來，我們還互相擊掌玩「拍拍拍」嘻鬧著，時間就在這沒什麼意義的互動中過去，酒意愈來愈濃，我感覺很愉快。

「我下次要帶妳去九州。『管不管』妳喜不喜歡，都要帶著乃里大人一起去。」聽到阿剛這麼說，我笑了。然後，阿剛彷彿開玩笑地問：「話說回來，水野也在淡路嗎？」

「在啊。偶然間在外面碰到。」

「是喔。」

「他說要給我櫻鯛，可是我想阿剛還要一段時間才回來，所以拒絕了。」

「櫻鯛啊。只是，妳為什麼突然想跑到淡路去？」

「死灰復燃……」

「那個我聽過了啦。」

「想看海嘛。」

「為什麼!?」

「我怎麼知道為什麼啊，就突然有那種興致。」

「突然……」阿剛諷刺意味十足地說。「那怎麼不會突然想看山？」

談到海，就必須從啟的個展開幕酒會、當晚的氣氛還有中杉說起。談到中杉，從兜風巧遇開始都得全盤托出，還有名叫原梢的女人那猶如女吸血鬼般堅毅，卻讓人不忍直視的神情、全黑的衣服等等一切細節，我對自身的描述能力有信心，真要說也能說，只是說了，阿剛聽了也不覺得有意思，同時也不可能和我一樣感動和興趣，說了大概也等於白說。

「那是藝術家的衝動啦。」我姑且這麼回答。此時才發現，中杉曾叫過我「藝術家」如今仍像蟬蛻下的外殼，卡在我的記憶底層或角落。

「藝術家，是喔。我也討厭，這麼一來又多了一個，庶民、一般大眾，還有藝術家。」

他說完又想了好一會兒。

「水野也是一個人？」

「對啦，你到底在想什麼啊，愛吃醋！只在門口聊天而已啦。」

「等等。妳剛剛說『愛吃醋』，對吧？」

傷腦筋。阿剛一旦發起奇怪的酒瘋，就變得很囉唆。

「妳說我『愛吃醋』，要是我對有道理的事亂吃醋，那妳有理由生氣，但是這件事不論叫誰來聽，都會覺得奇怪吧。之前明明曾經因為這樣搞得不愉快，妳也應該知道我很介意，那為什麼又要一個人跑去那裡。」

「……」

「所以說，妳去那裡難道不是為了見水野嗎？哪像我，不管打高爾夫、喝酒，心裡想的都是希望能早點看到乃里大人，到底為什麼非去以前男人的地方不可。實在有夠窩囊的。」

「因為突然想去嘛，就只是這樣啦。」

聽我大吼回去，阿剛為之退縮，陷入沉默。像這樣逐一追問女人理由，根本就是徒勞無功，都說是因為「突然想去」，還會有什麼其他更好的理由嗎？阿剛此時只要罵一句「可惡」，擠出任何一句話都好，這件事就能隨之劃下句點。但是，大概是錯過了時機，他好一會兒才平靜地說：「都因為乃里大人的男人太多了。」

說完，用蜜月旅行時從威尼斯買回來的金紅相間的玻璃酒杯，斟了冰涼日本酒喝了下去，然後陷入沉思。

「我才沒什麼男人呢！」我也大聲說，同時不甘示弱地也斟了冰的日本酒。玻璃杯的金紅光影搖曳，在燈光下閃閃發亮，十分美麗，但是我沒心情細細欣賞。男女之間的情感，真是瞬息萬變，完全是由每個瞬間串連而成的。

「跟阿剛結婚後，就沒有其他男人了。連我自己都不相信，能在長達三年的時間只守著一個男人。最初結婚時，要是聽到『三年來都只能跟阿剛一個人做』，或許會眼前一片發黑，但是三年過去了，才意外發現我做到了。」

「或許真是那樣……老實說，妳以前的每個男人都會讓我吃醋。很想把那些男人集體用訂書機訂上，用打孔機打洞，這就是我的心情。」

我說：「那阿剛以前的女人呢？」

「男人無所謂。但是，女人的過去真的很煩。老像氣喘一樣卡在我的胸口，讓我痛苦。」

這傢伙。

竟然說這種話，人生可不能用橡皮擦輕鬆擦掉的啊。雙方陷入沉默。

不發一語地喝酒。

詭異的沉默。

我曾讀過一個女人在大阪城遭攻陷之際所寫的手記。三百年多年前的手記還完整保留到現在。根據手記描述，一般對於城池遭攻陷存有劍拔弩張、喧囂混亂的印象，但其實也存在非常寂靜的一面（她們就是從寂靜的一角趁隙逃脫倖存的）。

城池遭攻陷之際的寂靜。

現在，就是那種感覺。

「看過妳的日記，反而更煩了。」

「你看過日記？」

「以前的日記。」阿剛趕忙辯解。

這還管是以前還是現在的嗎？

現在換我態度轉為強硬。

「你在哪裡看的？我應該都沒放在這裡吧。」

「抱歉。我去了大阪的公寓。」

「鑰匙呢？」

阿剛搔著頭說：「從乃里大人的包包裡拿的。」

「這不是計畫犯罪嗎？」

「都說『抱歉』了呀。」阿剛試圖重新展露剛才愉悅的表情。「不過，妳也替我想想嘛。都是因為我愛妳才會做出那種事的。正因為愛著乃里大人，才想知道妳在想些什麼……」

「……」

「我看過以後，也感到很內疚。自己都覺得很討厭，真的是愈來愈嫌棄自己了。」

「……」

我只是聳聳肩。

「可是，我就是想知道乃里大人到底在想什麼。」

我現在已經不寫日記了，不過當初可是鉅細靡遺地記錄生活點滴。一想到所有一切都被阿剛看過了，比起對於阿剛的反感，更覺厭惡起自己來了。

而且就連那間被阿剛翻找、閱讀日記的房子，感覺上都好像遭到玷污了。在那房間創作、思考，一直以來始終都是我的樂趣。那房間就等於是我的心，而阿剛就那麼硬生生地闖進去了。

「原諒我吧，都道過歉了。而且我是說真的，只要是喜歡的女人，誰都會想要從頭到尾徹底了解的。」

阿剛露出惡作劇神情，抓住我的手。

「『管不管』妳喜不喜歡或怎麼說，我都要給妳一百萬，所以就原諒我吧。」

「……」

「妳可以把我的胸毛拔光，當作懲罰。」

看我沉默不語，阿剛遞了菸給我。

我撥開他的手說：「不用了。」

「喔，是嗎。」阿剛此時終於發了脾氣。「我都已經好好道歉了，有必要氣成這樣嗎？」
「我沒辦法原諒。」
「原諒什麼？少臭美了，妳這個庶民。」
「這就是庶民的憤怒。」
「看了妳的日記，的確是我不對。所以，我也道歉了。一般男人說得出口嗎？我可是很少跟人道歉的吔。至少要想想我肯為妳這樣做的心意吧。妳以為妳是誰啊？」
阿剛是那種會先發脾氣模糊焦點，藉此規避道歉責任的男人。
「到底是在生什麼氣啊！男人都拚命為妳付出成這樣了。」
我以微弱的聲音說：「我沒生氣。」因為我累了。
阿剛像空氣「咻」一聲被抽走似地瞬間又變得溫順老實。又說：「我就是因為很愛乃里大人，才會常常想到妳以前的男人，就很受不了。妳要理解我的心情呀。」
阿剛或許有他自己的痛苦，但是對我來說那全都是過去的事了，船過水無痕，這種反應根本莫名其妙。
「為什麼要這麼說啊，我現在就只有阿剛。我也很愛阿剛，與阿剛一起生活也很快樂。……也沒有別的男人。」意思是「目前沒有」。

「我像北極一樣，乾乾淨淨的。」

「就是因為現在乾乾淨淨，才更會想到過去。」

我用拇指撥弄嘴唇、茫然若失。

碧姬・芭杜說過：「為了幸福過日子，必須悄悄地一個人生活。」幸福，或許不存在於獨居以外的生活。

想要和女人（或男人）永遠保持感情融洽，就不能窮追猛打。這個道理難道阿剛不懂嗎？

9

翌日，阿剛的心情不好。

阿剛一旦發起脾氣，雖然不至於大發雷霆，但是情緒需要一段時間才能平復。而那就是我的任務。

阿剛是個奇怪的男人，自己發的脾氣卻不靠自己平復情緒（這或許也沒什麼好奇怪的。男人應該全都是這副德行吧。）

我必須討好安撫他。

我一早睜開雙眼，首先思考的就是這件事。

而這件事也總是樂事一樁。

當阿剛頂著一張像挨罵小學生的神情睡著（睡臉感覺上就不生氣了）時，我會逗弄他的鼻子；阿剛一起床，我會跟在他後面，縱身跳上他的背；又或把手伸進他睡褲裡。阿剛光著上半身在盥洗室裡刷牙時，會嚴肅地教訓說：「別鬧了。」

我還是不停手，繼續鬧他。結果，徹底把臉洗乾淨，氣色看來煥然一新的阿剛，就會扔下毛巾說著：「很好、很好，做出這種事，必須接受懲罰。」緊接著，「哇」一聲將我撂倒在白色地毯上。一旦情勢演變成那樣就糟了，因為會有很恐怖的「懲罰」等著我。我會邊尖叫，邊想逃，卻像顆球被滾著玩。

「我不敢了，請原諒我！」我假裝哭泣。

「不要，我沒辦法原諒妳。妳剛剛做了什麼？對主人做了無理舉動吧！」阿剛露出恐怖表情，一把逮住想逃走的我，「咚」一聲又將我撂倒。

「我什麼都沒做、什麼都沒做。」

「騙子，妳做了非常可恥的事。女人竟敢把男人當作玩物。這麼可恥的傢伙，就得懲罰。」

「不敢了，再也不敢了。」我哀求道，阿剛卻將我壓制住，對我的腳底搔癢。

「啊！」我發出慘叫，阿剛連忙摀住我的嘴，兩人笑到喘不過氣來，這是能讓早餐變得更好吃的運動。

在這打打鬧鬧的過程中，阿剛不知不覺就會忘了在生氣或不高興。只是每次都必須由我來製造消氣的契機。若是我不製造這樣的契機，阿剛就會永遠生氣下去。

這點，我倒是還沒親身試過。

如同數度提及，由於我的懦弱，或者更像是溫柔（也可說是自暴自棄），一直以來總會在事後極力討好，給阿剛一個恢復心情的契機。

「既然是自己亂發脾氣，不是應該自己去沉澱恢復心情嗎？」但我就是沒辦法撇下他不管。

放著一個不高興的男人在身邊也很煩，更重要的是，阿剛會明擺著一張臭臉，對我進行無聲的示威：「還不快點做些什麼！不知道我在生氣嗎？」

那副樣子說可愛也可愛，說可憐也有那種味道。我手上並沒有什麼繁忙工作，忙到我必須對他視而不見。

真要說，我的工作就是看阿剛的臉色、討他歡心，讓他從不高興變高興……在這麼做的同時，自己也樂在其中。當他說「這是懲罰」把我壓制在地，嘴裡念著「咕嘰咕嘰」一邊搔我腳底時，我總會從丹田發出「啊」的一聲慘叫。阿剛說，我真的很怕「咕嘰咕嘰」的懲罰，那種嚇得到處逃命的認真模樣好玩得不得了，教人更想抓住壓制，然後搔癢。

而且，偶爾還會意外地激起性趣，最後猴急地翻雲覆雨一番。

有時候，目送鬧過那麼一回合、神采奕奕的阿剛到公司之後，又因為有事打給他，聽到對方回答「副社長現在在開會」時，會感到很愉快，進而讓我重新愛上阿剛。

三年來，我們始終都是如此。

阿剛擺臭臉或不高興時，讓一切恢復原狀也是我的樂趣。

但是，今早我猛然睜開雙眼，心裡竟浮現「真是麻煩透頂」的念頭。阿剛或許還在想著，快讓一切恢復原狀吧。而我卻突然覺得：「唉，又要做那種事了嗎？」一直以來，我從來沒這麼想過。因為宿醉嗎？

我刻意不看向阿剛，慢吞吞起身、光腳下了床。阿剛挪動身體，看來似乎醒了。要是平常的阿剛，現在醒了就會開朗地問：「現在幾點？」但是今天的阿剛卻沉默不語。以眼角餘光看去，阿剛閉著雙眼，臉像埋進枕頭似地趴睡。這也是他心情不好時會出現的習慣。

我有各種討好阿剛的辦法。

像是「阿剛，我來幫你按摩吧」；用客廳的黑膠唱片播放機放阿剛最愛的現代爵士樂並將房門大開；像小鷺鷉一樣潛進被窩，對阿剛使壞，讓他最終忍不住嚴肅警告說「別鬧了……」

以我的手腕，有好幾招都是「一招即中」、明顯有效的辦法。

但是今天早上我哪一招都不想用。

那些「將手伸進阿剛睡褲做壞事」之類的事，不是隨時要做就能做，得要生活氣力足夠時才做得來。要在我的能量、心情都獲得充電，人生引擎狀況良好時才做得到。

要是引擎出問題，便無法承擔這麼沉重的工作，會半途累垮的。阿剛的「那個」非常可愛、也很好親近，與其說「觸摸」，反倒像吸住我手的生物；但是稍有差池，出現問題，就會變成與自己毫不相關，只會讓人渾身不舒服的玩意兒。

之前在一家阿剛帶我去的餐廳（在大阪市內，一間規模頗大、很有格調的料理老店），不知道聊到了什麼，女服務生在阿剛的提問下說：「我雖然有丈夫，卻對晚上那檔事很不拿手。」

「真的是討厭得不得了，只希望能趕快完事。從來沒有一次感覺好的。我就是不喜歡。在那個時候，總是緊閉眼睛、默默忍受。」

女服務生年約四十二、三歲、個頭嬌小，小小的臉皺著發笑。阿剛搖搖頭。

「是嗎，怪了。我想，一定是妳先生的技巧不好。同樣的人生，我為妳感到可惜啊。要不要跟我試試？」他開玩笑地說，一臉開心的模樣。服務生望向我，一臉尷尬地笑了。

我當時還托著腮說：「真的很可惜呢，到底是為什麼呢？」但是如今的我，卻覺得那名服務生沒有說謊。

如果說「與自己毫不相關、只會讓人渾身不舒服的玩意兒」任性妄為，身為女人除了「緊閉雙眼忍耐」或「能不能早早完事啊」地拚命忍耐，似乎也無可奈何了吧。

也因此當對方心情不好，而我自己也提不起勁時，就會戒慎恐懼，實在沒辦法伸出手去碰觸。那玩意兒在這種情況下，不過像是起風的日子飛到男人胯下、黏在那裡的垃圾罷了。

阿剛似乎也沒心情讓我倒栽蔥，將我的腳夾在腋下、打我臀部、在我腳底「咕嘰咕嘰」，讓我打從丹田發出悲鳴。

他露出一副「管妳的腳要怎樣啦！哼」的表情起床。

今早的阿剛也沒將粉紅色的枕頭與天藍色的枕頭疊在一起鬧著玩。

也沒玩「拍拍拍」的擊掌遊戲。我也沒那種心情。

阿剛赤裸著上半身，刮完鬍子來到起居室，沒穿內衣便直接套上襯衫。

他每天早上都自己挑選衣服或領帶。所以，要是出門前沒有打鬧一番，就可能完全沒有對話。

「要吃義大利麵嗎？培根？」我問。

他屈身望向我的化妝鏡正在打領帶，說：「我趕時間，不用了。」

「早上要開會？」

阿剛的公司早上會不定期集合重要幹部開會。

「嗯。」

只喝了咖啡的阿剛，放下餐巾說：「外面在下雨，不用到樓下來了。」

說完就出門去了。我每天早上都會陪他一起到樓下的車庫，目送他離去。只要心情不好，連這個步驟都會斷然謝絕。

他以帶點武家尊嚴的味道，宣告「不用來了」，但其實本來想沉默地一走了之吧。

阿剛說不定在等著我討好他。所以，或許也在氣懷抱期待的自己。阿剛也許擁有出乎我意料細膩的一面。但是，那卻讓我覺得十分滑稽。

雨勢隨著時間過去，轉成執拗的大雨。這是在晴朗時節進入尾聲，正式邁入雨季前，也不知道算哪個季節下的一陣雨。

我慢吞吞地清理流理台。昨晚想到要和阿剛一起上床就覺得煩悶，於是跑來抹抹威尼斯玻璃杯、擦擦金湯匙，藉此拖延時間，所以今早也沒什麼好清理的。

阿剛心情不好的時候，待在這個家還真是無事可做！

我跟人家不要的垃圾沒兩樣。我這個人家不要的垃圾，心血來潮決定開車到大阪的公寓去。

我對於「阿剛看過日記」始終難以釋懷。我想知道那日記裡寫了些什麼。

這雨下得猶如梅雨，看來一時半刻停不了，又不一口氣下完，建築物外牆滴滴答答地濕成一片。我走進房裡拉開窗簾，隨即大吃一驚。眼下整片土地被圍了起來，不知道在蓋什麼。

看樣子說不定會蓋起一棟大樓。

要是在這種臉貼臉的距離，真蓋了一棟大樓，這公寓也算完了。到時候即便是白天，不開燈也會暗得受不了吧。如果還跟阿剛抱怨，他應該會以一貫論調怒斥：「所以早叫妳賣掉了！」

阿剛很討厭我來這裡。

大概是覺得我逃離了他的掌控，不知道在做什麼，所以耿耿於懷。

那個男人打從婚前，就很在意這房裡的一切。只要來玩，總會抽動著鼻子聞來聞去，連垃圾桶蓋子都忍不住打開查看。

他好奇心十足地想探索每個房間。所以我的臥室都會上鎖。被他那樣聞來聞去，總覺得女人城堡的神聖性會遭受玷污。即便是婚後，他這一點也絲毫沒變。沒想到阿剛竟然會妒忌我一個人過來，自己偷偷跑來，從書架抽出日記偷看。

「你到底是看了哪本日記啊！」我甚至想打電話到阿剛公司，對他大吼。

第二個架子上，排列著大小顏色不一的日記本。我將那些日記本全放到桌上，回頭再找有沒有漏網之魚。

另外還有一、兩本。

我自己都忘了哪些冊子寫有日記，其中有看來非常普通的手帳，也有大學時的筆記本。我以前稚拙的筆跡密密麻麻地填滿冊子的頁面。

我將搖椅從人偶架子所在的工作室拖過來就坐後，向著明亮的窗戶閱讀起來。

墨色看來古意滄桑的文字寫於七、八年前，當時正全力投入工作，因為也寫了很多業界人士的壞話。

裡頭的文字並未遵循正統日記格式，夾雜了工作方面的備忘紀錄或電話號碼。密密麻麻的細小文字，對於還有些宿醉的雙眼，讀來甚感吃力。

沒什麼特別的。

接著換紅色皮革封面的日記本。

這本一開始以小說風格的場景揭開序幕。

讀著讀著，似乎回想起了當時情景，又好像回想不起來。還有電話或書信往來之類的內容，以及鉅細靡遺的對話。

裡面寫著「ＭＬ」，一時間還在想是什麼意思。「啊啊，應該是『Make Love』的意思吧。」我突然想起，不由得從椅子站了起來。

這些要是被阿剛看到，我理所當然可以更氣阿剛。

我有生氣的權利。

日記中的我，發揮「回憶蒐藏家」本色，真的是毫無遺漏地詳加記錄。男人說過的話、做過的事。

那描述實在太過翔實、快樂、細膩，我自己也像首度閱讀的阿剛一般，感受到激烈的悸動。

「寫下這些事，好嗎？」心情上彷彿在看別人的日記，時而冷汗直流，時而面色潮紅，時而臉色蒼白。

「真傷腦筋啊。」像他人寫的似的一路讀下去，實在讀不下去了，就翻翻看其他的日記。

年輕時的我怎麼會是這麼厲害的回憶蒐藏家呢？

男人們的話語，還會像寫小說似地刻意加上「！」，而且樂在其中。

我嘆了口氣，剩下的已經沒勇氣再看了。那所謂的「自我軌跡」實在不太像話了，特別是想到這些內容已經被別人看過，簡直比髒污的白雪還難處理。

做出這麼致命的事情來，好嗎？……我不經意地想起阿剛。

因為，我（寫日記的本人）都已經忘了，但是看過的阿剛卻絕對忘不了。

這讓我想到，每每讓自己進退維谷的阿剛，在個性上似乎與他非一流舶來品不用的癖好，又或要求我「最重要的是，不管瘦點或胖點都不行」這種挑剔的習慣，似乎是相通的。不容許分毫誤差的人生，明明就不可能。

翻開最新的日記一看，還是活靈活現地描寫出我對五郎的綿延怨恨與痛苦。阿剛要是連這個也看過的話，那就真的沒救了。我對五郎的那段情感變化，不論如何說明，其他人都不會明白的。

結果，卻看了這種東西，看了不應該看的東西，錯的是自己去看的人。

我在流理台的不鏽鋼水槽中，焚燒撕得粉碎的日記本。我將窗戶敞開、開了循環扇，室內煙霧瀰漫。

儘管如此，紙張仍虛無脆弱地燃燒起來。要抹滅過去竟然如此地快。如同人可能因為一點小病就死去，美麗的詩集還有麻煩的日記也虛無地立即化為一縷輕煙。只是，其中的情念記憶不會溜走、不會遭到焚毀，也不會消失。會以肉眼看不到的重量，沉甸甸地懸吊在人生某處。

就我而言，那些「近景」是與阿剛的生活、與阿剛的回憶（蜜月旅行去的歐洲聖馬可大教堂的鴿子、維也納森林的破曉等），還有阿剛的癖好、阿剛的身體，這些是手感最為沉重明確的；而對阿剛，撇開其他的不說，肯定是日記中的我的生活。

「與〇〇ML」

這些文字對於現在的阿剛來說，大概是人生最大的懸吊物吧。

「真傷腦筋。做出這種事根本是犯規。現在該怎麼辦？」我一邊為阿剛搖頭嘆息，最後終於將日記燒得一乾二淨。

如果要燒，還不如早點燒，但是真沒想到他會跑到公寓來（而且還從我的包包偷鑰匙），偷看日記。

阿剛今早會不高興，或許也是因為受不了自己竟將「偷看日記」的事說溜了嘴，在氣自己吧。但是，最後還是得由我來收拾殘局。要身為任性大少爺的阿剛，自己決定今後要何去何從，是不可能的吧。

我環顧屋內，陸續將以往的書信、以前的照片（男人的），諸如此類的問題物品，全都塞進藍色塑膠袋中。所有可能讓任性阿剛痛苦的物品，包括牆上的亞蘭・德倫的照片乃至於披頭四的板飾全都拿下來，塞進了塑膠袋。收拾作業一旦開始便沒完沒了，什麼該留、什麼該扔的標準逐漸模糊，捨棄範圍隨之一點一滴擴大。

屋內彷彿遭受掠奪的波狀襲擊，每當我巡過一回，就有東西被順手拿走淘汰。

我的煩躁焦慮，部分來自想到阿剛進來東摸西碰，萌生「這裡已經不再是我的城堡」的悲痛，深愛城堡被攻陷的怨恨，如亡魂般縈繞在每個角落。阿剛不會了解這種心情的。不論多喜歡的伙伴、多相愛的相聲搭檔（我討厭「夫妻」這個詞彙或形容），也有「禁止進入」的區域。

而阿剛卻穿著鞋一步一步踩了進去。

「只要是喜歡的女人，都會想要從頭到尾徹底了解的。至少要想想我肯為妳這樣做的心意吧。」阿剛雖然這麼說，但那根本就是暴力。阿剛有一次將我的臉揍得鼻青臉腫，整間屋子破壞到幾乎所有東西都得換新，也是出自嫉妒。阿剛這種暴力癖完全沒改變。

不是以物理手法破壞物品，就是讓它產生質變。

他穿著鞋子踩進我的內在，企圖隨處蓋章，宣示「這裡所有一切都是我的」。根本就是一個不懂事的孩子。

做到一半的人偶，與乾燥花同樣蒙塵，全都被我扔進垃圾袋。這些垃圾以前是多麼溫暖、多麼讓人眷戀，又多麼能撫慰我的身心呀。

但是，現在全變成蒙塵的普通垃圾。

當那陣名為「阿剛」的世俗之風掃過，魔法瞬間隨之解除，那些東西再也不是具備某種象徵意義的夢了（以阿剛的觀點，不論以前或現在大概都只是垃圾吧）。前一陣子讓中杉看的那張畫出現了。我自己喜歡沒賣或畫到一半的畫，約有十來幅，這些畫實在狠不下心扔掉，姑且先放著。

我原地繞了一圈，環顧四周，牆面幾乎都空了出來，架子則在我幾近瘋狂的劫掠後，變得空洞寂靜。

我鎖上門，靜靜地帶著塞滿垃圾的兩大袋塑膠袋下樓。

古時，自恃甚高的城主們，不惜親手將自己的城池燒個精光，也不願深愛的城池遭受敵軍凌辱。就像過去那位北陸霸主柴田勝家（註一），在天守閣（註二）插上旗幡或鯉魚旗等，裝飾得美輪美奐後，再與全族與家臣共同點燃火藥，將城池炸成粉碎。我覺得自己好像那些城主。

但是，阿剛一定不會了解這種心情。

註一：柴田勝家（一五二二——一五八三），日本戰國武將，為織田信長最倚重的將軍之一。

註二：日本城池中最高聳的塔樓，具有統籌指揮、瞭望防衛的功能，也是整座城池最具代表性的精神象徵。

他不明白，每天開心快活的相聲搭檔，從這充滿美感的生活中享受到的歡愉，全是以我為祭品所進行的祭禮。

阿剛晚上回來時，由於天氣悶熱，我穿的衣服打扮是他的最愛。

因為我一絲不掛，只套著一件阿剛的襯衫。

捲起袖子，就成了一件現成的寬鬆袍子，下襬也剛好位於引人遐想的位置。我最喜歡還沒上漿、又輕又柔的府綢布料。我就穿這樣在做菜。阿剛比預期還早回到家。

「你回來啦。」說完撲向阿剛親吻著他。

「熱死了、熱死了，別靠過來。」阿剛嘴裡這麼說，卻突然開心了起來。我感覺得出來。

「又穿別人的。」他說著說著扯起我的襯衫。

「總比光著身子好吧。」

說完阿剛就說：「光著身子比較好。」隨即將我襯衫下襬往上一翻，想在頭頂打結做成棉被捲，兩人因此又打鬧了一陣。

後來因為流了汗，兩人一起進入浴室，我沖了澡。

「喂，我忍不住了……」

聽到阿剛低語，我主動引導：「起來了嗎？要不要坐這裡？」然後跪在那面前親吻。阿剛就像大野狼以前肢緊緊抓住小白兔一樣，緊抓住我，像揪起兔耳朵扭轉般揪住我的頭髮。

「神啊，我會不會太寵這個人了？」我問老天爺。我親手點火燒了自己的城池……這件事我當然不會說。我現在滿腦子只想著怎麼取悅阿剛。

但是，我同時隱約感覺到，其實這只是一種交相賊的殘酷溫柔。

10

畫廊通知說福田啟的畫要送來的那一天，我事先開好支票，以準備付款。

然後，我打電話給阿剛。

「今晚找泰雄一起回來吧，我想讓你們看看畫。你跟他說在我們家吃飯。」

「不行，我今天會晚回去。有地方非去不可。」

阿剛要去的地方，也就是「招待客戶」。大多是在大阪市內的料亭。平常阿剛會幫大姊做面子，邀請賓客到家裡去，舉辦大姊最愛的宴會，主要招待男人的夫人；但真正的商談或斡旋，還是只能男人一起到餐廳解決。

擔任社長的大伯多半也會同行。

「那侍從就好，幫我帶個話。」

阿剛大概很忙，簡單說完：「好。」隨即掛上電話。我不了解阿剛在公司裡做什麼，至少從聲音聽來，可知與家裡的私人生活截然不同，那是備戰狀態的聲音。

而對我，簡直像另一個男人。

但是，阿剛並不介意我打電話到公司去。我對數字記憶很不拿手，常忘記保險箱密碼，打電話到阿剛公司說有急事，把正在開會的他叫出來接電話、問密碼，他也不會不高興。

他會慢慢說出數字、重複兩次，有時還會說：「找個地方寫下來吧。」

他沒生氣，聲調卻與在家時不同。那並不會讓我不快，只是我不經意想到，要是中杉，不論在家或在公司，說話口氣都不會改變吧。另外，要是中杉，不論在家或公司，嚇一跳時就是純粹的嚇一跳，專注著迷地發出「哦」的讚嘆聲吧。

暱稱為「侍從」的泰雄，七點左右到了。

「妳好。」

阿剛不喜歡邀請別人到這間公寓來。有招待賓客的需要時，總會利用御影家。然後，在我陪伴下到御影家款待賓客。只是，我明白大姊與嫂嫂對我的想法，所以不喜歡這種做法。婆婆在世時倒無妨，婆婆去世後那個家已經交給大姊與嫂嫂管理，請她們出借接待廳或餐廳讓我們用，感覺很怪。

阿剛的想法或許是，御影家是老爸為老媽買的，換句話說就是我的！但是至少，現在大姊與大伯一家擁有那裡的居住權。

說到底，阿剛個人的賓客不是大學時期的朋友，就是青年會議所的伙伴，那些人平常極少到家裡聚會，聽說都在各自的祕密基地碰面。

而我與阿剛完全沒有共通的友人。

有的話，大概就是阿剛的表弟泰雄。阿剛說過：「侍從的話，就沒關係」，阿剛不在家自己來玩，他也不會生氣。

「看來是不把我當男人看吧。」泰雄笑說，沒有生氣的樣子。

「有何貴幹？」泰雄說著，踏上起居室。

「沒什麼。今天聽說會送畫來。」我端出冰啤酒說。「想說找你一起看。一位叫做福田啟的畫家。」

「哦，年輕畫家吧。前一陣子他開個展的時候，報紙登過。」

「登過？報紙嗎？」我沒看到，很為啟開心。「有沒有稱讚他？」

「哦。那時候刊登的畫作是魚，很有意思。我當時就覺得應該會紅。」

「那時候的個展中，類似主題的畫作多的是呢。全都是魚。」

「哦，是嗎。」

泰雄這個人並不會斷言「絕對這樣！那樣！」質感真的很好，陪在身邊也不會讓人反感。

一旦習慣了阿剛那種任性的男人，就覺得泰雄好溫柔。

只是，我對溫柔的人又會不由自主地想要任性，真是怪了。

「阿剛今天晚上好像會晚回來，泰雄你陪我喝吧。」

「我已經連續加班兩、三天了，很累吔。」

「有什麼關係。就算回去，也沒人在等你吧。」

泰雄還是單身，所以才會被我瞧不起。

「我都在做晚餐了，順便吃頓飯再走也好啊。總比吃泡麵強吧。」

「我才不吃那種東西呢。我很長一段時間都是自己開伙，煮東煮西的。」

泰雄感覺上就是這樣的人。

我們後來決定將飯菜端到起居室，邊吃邊等畫送到。

泰雄與阿剛不同（我的意思不是說「他是客人」，而是個人與生俱來的「天性」），凡事親力親為，勤快地幫忙做事，來回端送各種碗盤，到處走動。他脫下外套扔到沙發上，將領帶尾端塞進白襯衫裡，端著拖盤來回穿梭於廚房與起居室之間。

看著他，我想起阿剛赤身裸體地擦拭身體的模樣、將我像小白兔一樣緊緊夾在四肢之間的情景，感覺態度極度傲慢。又或者，泰雄婚後對妻子也是如此呢？

但是，我無法想像他對女人暴力相向，感覺上他就是與「傲慢姿態」完全沾不上邊的人。

泰雄開心地說：「這燉菜看起來真好吃。」

「花三個小時燉出來的，一定很好吃。」

我一時雀躍，不小心將桌上的花瓶弄倒。我大叫一聲，泰雄立刻拿來毛巾，手腳俐落地用毛巾壓水。

「妳先讓開。」說著要我站到旁邊，隨後連椅子也擦了。毛地毯也濕了，他拿新毛巾按壓吸水。

「那邊也濕了！這邊也是！」我手一指，他立刻行動。

「是、是、是。」他邊擦拭邊說：「真是個麻煩鬼。妳跟小剛兩個人獨處的時候，也會讓他做這些事嗎？」

「會啊。」我姑且這麼回答。

泰雄喝啤酒，我將威士忌摻水喝，一起聊著某人或某人的畫。泰雄對於這陣子年輕畫家的嗜好或動態也都瞭若指掌。我買下的福田啟畫作，一定能獲得泰雄讚賞吧。就算不中意，也絕對會讚美畫框或其他什麼的。以我此刻的心境，這樣的讚美就足夠了。或許是阿剛害我勞心勞力，所以很渴望這樣的溫柔。

「啊，沒冰塊了。」

我一說完，泰雄連聲「是、是、是」地隨即到冰箱拿來給我。

簡直就是為了這些差事而生的人。

「泰雄的太太一定很幸福。老公隨時都願意幫忙。」

「說什麼傻話。要是老婆一定被我呼來喚去的。」

小時候，我常為了哥哥，被迫在廁所門口看門。廁所位於中庭對面長廊的盡頭，光線昏暗，孩子晚上都會害怕去上廁所。哥哥要我站在廁所外面守著，才能安心如廁。明明是個男生，還那麼害怕。

但是他上完廁所以後，也不等我，自己就一溜煙地先回去了。我並不會特別害怕，一個人留下自己上廁所。

結果，哥哥半夜醒來又說：「乃里子，跟我一起去。」不論我當時有多睏，還是會認為「本來就該如此」，揉著眼睛說：「嗯，好啊。」爬起來接下這份陪上廁所兼看門的差事。

或許從那時候起，我就已注定背負為他人做那種事的角色。

泰雄他，說不定也是如此。就像我為阿剛付出一切，泰雄或許也會為妻子付出一切。每個人的角色似乎都已經注定好了。

門鈴此時響起，泰雄問：「是小剛嗎？」準備起身。

「不，一定是畫廊的人。」我說完走出去開門。想當然耳，我今天並非一絲不掛地只披著阿剛的襯衫，我乖乖地穿上牛仔褲，配上一件手織蕾絲罩衫（上下服裝不太搭）。脖子上還戴著一條很大的青銅圓牌項鍊，這也是在希臘買的。

一開門，讓人驚訝的是，眼前來人竟是福田啟。他那張親和力十足的鬍子臉往裡頭窺探，「承蒙多次關照。感謝購買畫作。」

「啊呀呀，咱們大畫家親自送畫來吔。這裡其實是閒人勿進的愛巢，不過既然是小啟，就只好破例囉。」

我開心地要請他進來。

「可以嗎？我只是拿畫過來而已。反正畫廊那邊的人要兩、三天後才能過來，所以就由我……」啟嘴裡這麼說，還是一邊脫鞋。

他不可能單純送畫過來，一定也想順便和我敘敘舊吧。

「小啟的鬍鬚跟你下垂的眼角真的好搭喔。」我稱讚道。

走在走廊上的啟說：「真的嗎。」手就要往我的脖子伸來，只是看到直挺挺杵在起居室裡的泰雄，似乎嚇了一大跳。

「啊……妳先生？」

「不是啦。是我先生的表弟，來這裡看畫的。」

我介紹泰雄與啟互相認識。泰雄立刻提及報紙上的評論，讓啟開心不已。這一點就跟廁所守門的使命相同。我與泰雄並沒有血緣關係，個性卻很像。這世界上就是有一種人，不哄人開心就會受不了。

當我為啟調酒時，兩個男人已經拆掉包裝、拿出畫作。真的，沒有任何時刻能像首次目睹畫作裱在畫框中，或將別處買來的畫作帶回家觀賞，更讓人怦然心動的了。

「哇，這麼一看，感覺還帶點天真甜美的味道，好棒的畫喔。」我滿足地大叫。啟那個「海底——6」的畫名，就寫在背面。

「天真甜美啊……」啟語帶保留地說。

「喔，我的意思可不是說外行人的天真，而是我喜歡的那種優雅浪漫。」

「很棒吔……」泰雄也這麼說。

「這裡的燈泡有些偏白光，細節看不太出來，不過很明朗呢。這要掛在經常看得見的地方比較好喔。」泰雄說。他後來還幫我將原本掛在牆上的畫取下，換上這幅。泰雄那句「很棒吔」並不是客套話，他是真心喜歡，所以啟看來也很高興。

他與泰雄不同，是個喝酒像喝水的男人，只見他一口接一口喝個不停，熱切地聊著畫作。啟似乎認為泰雄年紀大很多，竟然說：「你的品味還蠻年輕的嘛。」

「怎麼說得這麼過分啊，這人比我年輕吔。」

「是禿頭的關係吧。」泰雄伸手摸摸寬闊的額頭。

啟不經意地從陽台往外望去。

「哇，好漂亮的風景。而且這公寓也好豪華。跟先生窩在這種地方，自然就不會想到外面去了吧。」他感佩地說。

「每天都在做什麼？」以前的老朋友會不會像美美一樣，想問這個問題呢？要是阿剛，大概會說「在抓△△」；而我，畢竟是給我一百萬也說不出口的詞彙，面對這個問題，我都會端起架子，非常優雅地回答：「都在卿卿我我。」

「乃里也變成一個大人了呢。明白『人生也只能這樣』的道理了吧。」

啟隨著幾杯黃湯下肚，心情愈來愈好。而泰雄，早已漲紅到似乎一碰就會沾上那抹紅。他正靠著牆休息。

「要不要緊？」

我才說完，啟隨即識相地說：「我該告辭了。」同時起身。但是，我可能是喝醉了，還不想與啟告別。因為，我與阿剛都不能像這樣暢談畫作啊。

「我家老公，以前來我的個展，也都只聊高爾夫。」

「他討厭畫嗎？」啟問。

「說不上討厭或喜歡，只是關心的部分不同。他連壁紙與畫作都無法區分呢。」

「不會受到乃里的影響，體會到看畫的樂趣嗎？」

「現在才去教他，未免也太晚了。有些事情不論如何就是為時已晚，就像這人年紀輕輕就禿頭一樣。」

我這麼嘲笑泰雄，泰雄他現在已經連「那還真不好意思啊」都省了，靠著牆睡著了。這男人還真沒酒量。

我拿了一條毛毯幫他蓋上，後來決定送啟回家。出門前，我順手換掉罩衫，外面加件單寧外套，然後將錢包與香菸扔進包包。我將包包背上肩，正要走出房間時望向鏡子，自己都嚇了一跳。雙眸閃閃發亮，臉上的生氣截然不同。

面頰在酒精催化下變得一片潮紅，看來很美。比起主宅的宴會，又或簇擁著皇族拍攝紀念照的一族會，還是與老友混在一起如魚得水，我不禁這麼想。與阿剛「卿卿我我」例外。

出門時，泰雄慵懶地說：「慢走。那我，接下來怎麼辦？」聽了讓人發噱。

「你先暫時看家，阿剛不久就會回來。我也很快就回來。」

泰雄沒等我回答完，又呼呼大睡。真是的，這一大家子不管是大姊也好、大伯也好、小姑也好，全都精明幹練、聰明伶俐、物欲旺盛，與他們相較之下，泰雄卻是個獨樹一格的好人，「好人」也可歸類為笨蛋就是了，只是阿剛的父親與母親兩邊的親戚，真的就像水與油那般天差地別。阿剛像的是自己的兄弟姊妹，與表親那邊完全不像。

我覺得還喝不過癮，決定順便搭電車到大阪。啟當然毫無異議，顯得興高采烈。

「是說，在那個瀰漫著資產階級臭味的公寓喝酒，喝醉的感覺還真糟。」啟說。

我想他指的大概是「銅臭味」。阿剛的家族或許認為自己是「上流階級」，我從中卻只能感受到「銅臭味」。阿剛也有這一面。例如，我最愛的紫色貝殼皂。每當我正享受那細緻的泡沫與芳香，陶醉地說「好香喔……」時，一旁的阿剛就會說：「那當然。一個要價三千吔，妳來付付看就知道了。」

就像我至今都還不知道貝殼皂的正確名稱，也從未注意過價格。那香皂起初是人家送的，用過很喜歡，便利用百貨公司的到府服務訂貨，後來就用習慣了。我對數字本來就不敏感，拿到帳單時應該會看到上面的數字，只是聽阿剛這麼一說，還是感到愕然。

懷抱著「好香」、「顏色好美」的心情使用，或是不斷告訴自己「一個三千」用它，兩種感覺截然不同。

那麼，阿剛一直以來都是邊想著「一個三千」，邊用香皂洗澡嗎？我不禁思索。據說，狗看出去的世界沒有色彩，只有灰色單色。阿剛看出去的世界與我看出去的世界或許不一樣吧。

我喜歡御影的房子，特別是石板走廊旁那整排面對庭園的落地窗更是別具風情。那些窗戶採用石頭窗框，玻璃是磨邊倒角玻璃，只要光線射進來就會熠熠生輝。推開落地窗，將黃昏近晚的夜色引進屋內的喜悅，讓人覺得「住在這房子真好」。

換做是阿剛，「反正以後可能會住到東京，但如果變成哥哥的，還是覺得有點那個，那房子說到底還是我老媽她……」則像這樣，現在就熱烈暢談起日後才會發生的遺產繼承糾紛。聽著聽著，即便悲傷，都覺得不論是落地窗、御影石打造的走廊、群山向晚之美，都乾脆捨棄算了。

我實在沒有那種勇氣與毅力，能夠心一橫跳進那場三足頂立的爭奪戰中，爭取房子的所有權。

更何況，大姊根本不希望我插手房子的管理，說難聽一點，她還懷疑我會不會連家裡的備用品都摸走。我在大姊面前，總覺得像個猜不透主人心思、被主人懷疑有竊盜癖的菜鳥幫傭。

我有一次曾欽佩地說：「這裡的衣架都好棒喔。」褲子衣架有特殊設計，能輕鬆自然地吊掛褲子，我心想外面怎麼找不到這麼方便的衣架，於是問：「這在哪裡買的？」

大姊卻回以輕蔑的一笑。

「這是父親從倫敦特別訂做，是戰前的東西喔。戰前的東西與現在做的東西就是不一樣，街上可沒在賣呢。」聽大姊這麼說，我也不好為了阿剛說「請給我一支」。

大姊將那些衣架集合起來，幾十支全收在一起，招待賓客時才會拿出來，想讓大家讚嘆欣賞。

做那種事感覺就不像真正的富豪。至少我想像中的富豪是，擁有一、兩支設計優良、製作精美的老衣架，當我感嘆地拿起來仔細端詳時，會對我說：「那是從倫敦特別訂製的，由於製作精美大家看了都想要，所以一支接一支地都帶回家了，現在只剩下兩支。但是想要的話就送你吧。可能不久後，街頭巷尾也買得到。別客氣，儘管拿去用吧。」這才像生活充裕的富豪會說的話。

反觀大姊，則是一支支地細數確認後，像抱柴魚似地慎重緊抱在懷裡，急忙藏到隔壁房間的隱密之處。

真是的，整天籠罩在那樣的惡意中，連我都要變得不正常了。與啟在一起的時候，就不會有那種不對盤的感覺。

我們來到一家阿剛曾帶我來的北區夜店。這裡的人多半是中年人，或像阿剛那種年輕多金的少爺，不僅有品味、氣氛沉靜，感覺很好。我總是嘲笑阿剛一族的銅臭味，我自己此時或許也變得跟他們一樣了。然而，只要有貝殼皂、舒適的店家這些富豪特權，我還是想變成有錢人。

啟說畫作幾乎都賣完了，心情很好，覺得自己成功了。一開始，是他自己說去有錢人常光顧的店。真帶他去了，當店裡放起搖滾樂，他嚷著說「來跳舞吧」，但是周遭卻沒什麼人跳，其他顧客看來都太有氣質，只管在植栽陰影處與店裡小姐輕聲低語，結果他還是抱怨說：「真不來勁。」

沒辦法，只好配合他，改到啟常去的南區夜店。這家店震耳欲聾，燈光閃爍變化，如果不扯著嗓子就聽不見對方說話。啟看來對轟然聲響毫不在乎，到了這裡才總算有了歸屬感，享受般地喝起酒來。他對我服務周到，又是幫我端酒、又是幫我點菸。我湊到他的耳邊大吼：「中杉先生買了什麼畫？」

「還是『海底』系列的其中一張。有魚和珊瑚……還有泡泡的那張。若能獲得中杉先生的稱讚，就太開心了。我們的觀點英雄所見略同。」

比起評論家，啟似乎更重視中杉先生的評論。他接著在我耳邊大吼。

「他有個很美麗的太太呢。」

「有個美麗太太的人，最討人厭了！」我大吼回去。

就在此時啟的朋友來了，我挪動位置讓對方加入。但是，啟的話讓我十分吃味。很久以前，當我得知單戀的五郎與好友美美搞在一起時，已經體驗過心臟冷卻，又像滾燙沸水從頭頂澆下的衝擊，這次的嫉妒也與當時的感覺有點類似。我又不是中杉的情人或是誰。光聽到「有個美麗的太太」，竟然就覺得「這人有夠討厭」。內心萌生「又沒有我的允許」的想法，真是太奇怪了。中杉比我年長，就常理推斷他太太應該也比我年長。他們兩人可能在我少女時代早就結婚了。

我持續跳著舞。以前的朋友陸續過來，彼此拍拍屁股示意換手，都想跟我跳。當我汗流浹背地回到座位，發現啟幾乎要喝掛了。這也難怪，早覺得他一杯接一杯地喝個沒完了。「小啟，回去吧，我送你。」

阿剛每次有接待餐會時，大概都要到凌晨一點，公司車才會送他回家。

在那之前還有時間，我想先送啟回去再回家。「不要緊、不要緊。」啟嘴裡這麼說，卻猶如沉思者低著頭，雙眼緊閉。但是，他似乎努力地想讓自己振作起來，時而以手掌拍拍雙頰，跟他說話也會竭盡所能地一一回話。

我與朋友們打過招呼，扶著啟結帳後，走進電梯。他像隻蜘蛛動也不動地貼著電梯，閉著雙眼。

「要不要緊？」

我踮腳拍拍他長滿鬍子的面頰，啟抓住我的手指含在雙唇間，然後靜靜地說：「有乃里在，就放心地大喝一場了。」

這個電梯並沒有隱私。

也就是室外的透明電梯，玻璃之外就是夜裡的市區，發光的電梯正從漆黑的天空緩緩往地面落下。我的手被啟抓著，一邊望向地面。

以前的男人而且還不惹人厭的真好，我想。那些想說「我們以前不是睡過嗎」，意有所指地頻頻使眼色的傢伙，並將過往當武器步步進逼的，都是惹人厭的男人。

我反而喜歡那種在自己人生中努力投入工作，偶然遇見以前交往過的女人，打從心底開心的男人。

雙方都明白彼此的善意，還有宛如手足情深的體貼，這種男女之情比骨肉親情或夫妻之情都還要美好。

我如果還是單身，會再跟啟上床嗎？

「來，要搭計程車囉。啟，你先說要去哪裡。」

我看過原梢女史的名片，特地選擇專往那個方向的計程車招呼站排隊。啟一坐上計程車，果然報出了該地址。

啟的心思、服裝，又或是頭型，他的一切都是我早已熟悉的，充滿了伙伴的氣息。我感到懷念萬分，用手拍拍啟的膝蓋。

儘管如此，與水野那時候相同，我大概也沒意思再與啟上床了。我只是喜歡蘊藏於這些人身上，那種好交情的氣氛，不會因此想再續前緣。這是為什麼呢？

或許是因為與阿剛同住後，各方面都被滿足了。我並不是特別想守貞或什麼的，只是以我的情況而言，與一個男人好好生活後，就不會出現這種心思。我也不覺得可惜，反而有種吃飽後的慵懶滿足，我很喜歡這樣的自己。

如同我對阿剛說過，婚後三年都沒再與其他男人發生關係，這是事實。我也不想以此洋洋得意，只是覺得這樣自然而然的生活很快樂。

我們穿過住宅區，抵達一處人工味十足的全新街廓。啟已經完全熟睡。我與司機兩人找到了那個地址。那是棟小巧可愛的房子，夜間看不太清楚，但是屋外似乎有薔薇盛開，空氣中瀰漫著濃郁的香氣。房子位於角落坡地，好像必須步上階梯才到得了。

「請等一下。」我對司機說完，攙扶啟步上階梯。

門口有排低矮的白色柵欄，輕輕一推就開了，但是玄關處的大門卻鎖著。

啟翻找褲子口袋，始終找不到鑰匙，所以摁了門鈴。那並非寄居者的摁鈴方式，而是有權這麼做的摁鈴方式。

屋內燈火隨即點亮，大門從裡面開啟。原梢裹著睡袍、披散著頭髮走出來。是因為髮型嗎？她看來很年輕。只是那件毛巾布睡袍感覺有點誇張。由於經年累月持續使用，看來像磨蘿蔔泥的磨泥器，堅硬刺痛。肩膀部位有些破損，但整體感覺很舒服。

「為您宅配貨物來了。」

我這麼說，原梢笑了：「辛苦了。他幫您送畫去了吧。出門的時候很期待呢，直說能見到乃里小姐。」

太好了，聲音聽來比在畫廊時更為豁達，而且很開心。

我不禁想，這種反應是因為能照顧喝得爛醉如泥的啟嗎？一般的家庭主婦面對爛醉貨物配送到府，或許會有些不耐，說不定還會用腳尖踢幾下癱坐在走廊的「貨物」。

原梢以「充滿憐愛」的眼神望著啟。

「要不要進來坐坐？」她提出邀請。

我以「已經很晚了」、「車子還在外面等」等理由拒絕了。原梢還說「有空再來玩」，對我似乎沒有任何反感。啟或許向她解釋過我，又或許，原梢能理解男女間已經轉化成手足情深的那種感情。

如果真如中杉所言，原梢與福田啟住在一起，對啟來說應該是極為愜意的生活。能與一個實際反省領悟男女情感的人同居，是很難得的。

第一，若是阿剛，不論多麼「邊走邊瞧」，也不可能了解那種關係。搭乘亮著燈、以塑膠、玻璃與鋼鐵製成的透明電梯，緩緩降至地面的當下，被男生抓著手，靜默無語時的美好感覺，他不可能會懂。

直到如今，對那個男生也沒有不好的感覺，不僅如此，見面時還是喜歡，沒見面時也想著「真希望他一切順利」（他的人生或工作等等）。

平常都將那人拋在腦後，一聽到誰說他的壞話，就想要為他爭論辯護。阿剛根本不可能理解這樣的情誼（說了大概也等於是白說）。

但是，原梢應該能理解。

要與這樣的女人在一起，就必須是到了一定年紀，能領略這種優點的男人才行。那種說「我去剪個頭髮」便一去不回，害女人心碎的莫名其妙小鬼頭配不上她。啟總有那麼一天，也會說著「我去剪個頭髮」一去不回嗎？

我隨即不經意地想到，中杉與原梢是否也是以前感情很好，現在轉化成手足情深般的關係呢？

男女間所謂長久維繫的友情，我認為必須奠基於這種共通的基礎上，才最足以令人信服。那樣的中杉（比起擁有一個美麗太太的中杉），並不會討人厭。「原梢喜歡照顧年輕男性，一旦養到羽翼漸豐就會跑掉。」中杉這番話若出自理解與體恤，那麼他說這話時所顯露出的淡然，就非常合乎邏輯了。

11

我一回家，發現阿剛已經到家了。明明還不到十二點，他已經不悅到了極點。

我才問「泰雄呢」，他便沒好氣說：「早就回去了。」

我沒辦法，只好先道歉：「抱歉。」

阿剛將外套與領帶亂扔在臥室，坐在看得到市區燈火的起居室，喝著摻水白蘭地。

「洗澡了嗎？」我只是這樣問，他卻像要把人揍倒在地般吼道：「吵死了！」

「妳剛剛都做什麼去了？」

「去喝酒，跟畫畫的那個人。」

我站在阿剛對面，指向牆上的畫，阿剛臉色一沉似乎在說「什麼鬼畫」。我覺得伸出的食指好像會被他咬斷，連忙縮回來。

阿剛拿起玻璃酒杯，喝了口酒，重重地放回大理石桌上，然後將腳伸到桌上。

「怎麼會有那種特殊服務？幾點出去的！」

「唔，七點，不對，八點吧。」

「現在幾點？」

「十二點。」

「四個小時都在幹嘛？」

「搭計程車跟電車的時間都算在裡面喔。」

「少廢話！為什麼要跟那傢伙出去啊？」

此時，我真的很想聊聊男女之間的友情，但是阿剛不可能了解，就算了解，或許還會更生氣。

我用拇指撥弄嘴唇，然後小聲說：「因為想喝一杯。」

「家裡不是也有酒嗎？」

「他說要回去，就送他一程啦。」

「在那之前，在家裡待了很久？那個畫畫的。」

簡直像在審問。

「一下子而已啦。侍從也都知道啊。」

「他搞不好都被收買了。」

「哈哈哈哈。」我這麼一笑，讓阿剛認真動怒了。

「那邊那些全給我扔掉。我管他是畫畫的還是不要臉的東西，反正杯子、椅子被那傢伙用過的，全都給我扔掉！」

見我沉默不語，他接著說：「聽到沒有，我叫妳把那些髒東西全部都給我扔掉！」

「我、知、道、了！」

「稀奇古怪的傢伙，還拉進家裡來。那張畫也給我轟出去。」

這時候要是反抗他會更難善了。

我搬來椅子，爬上去將畫取下。如果是平常的阿剛，看我在椅子或梯子上手忙腳亂，會立刻過來幫忙，順便抱我下去，同時也會做各種使壞又貼心的事。而他現在，當然是袖手旁觀。

「那是送的還是買的？」

「買的。」

「多少？」

我報出價格。

「白痴。哪個白痴會為這種垃圾付這麼多錢啊。透過百貨公司的到府銷售服務買，還比較便宜。」

當然，阿剛在說諷刺的玩笑話。

「別放在我看得到的地方。」

我正想將畫拿到廚房，他又說：「等等，別放在我看不到的地方。」

我將畫抱在懷裡似地抓住畫框，佇立在原地，想著怎麼樣才能避免阿剛打破裱畫玻璃或撕裂畫布。他要是敢那麼做……「我要喊殺人囉。」我說。

阿剛瞪著我說：「給我退回去給那個畫畫的。」

「才不要。」

「什麼？」

阿剛將玻璃杯放到桌上，放下腳，站起來。不知道他是開玩笑還是玩真的，只見坐在地毯上的狗兒飾品被他一把弄倒。

我心生恐懼一時間亂了思緒，立刻說：「我會退回去啦。」阿剛這男人「大概會動手」與「怎麼可能動手」的成真機率各半。阿剛本身也覺得自己是兩種可能性的機率各半吧。

「好，退回去。那種東西如果再出現在我面前，就試試看。還有，要是讓我知道妳把它偷藏起來，也給我試試看。」

「你會怎樣？」

「會怎樣呢？正在想。」

那份從容讓我感受到阿剛深沉的憤怒，反而更令人恐懼。而且，阿剛又像威脅似地邁出長腿，我隨即反射性地大叫一聲，往旁邊一跳，抱著畫框跑到玄關。順手悄悄地將畫藏在設置於玄關的鞋櫃下。

「妳在幹嘛，還不過來！」阿剛已經不耐煩了。

我聞言又跳了起來。去的話會被折磨，不去又會惹得他更不耐煩、暴跳如雷，這就是阿剛的個性。阿剛將黑色細條紋襯衫的胸口鈕釦全解開，看來很熱。接著，打開陽台窗戶，喝起酒來。

「那男人叫什麼去了，那個畫畫的？」

又想繼續嘮叨下去了。

「福田。」

「福田什麼。」

「福田啟。」我說。阿剛或許正在回想，我以前的日記裡是不是寫過「與Ｋ・Ｆ(註一)ＭＬ」。還真是辛苦呀，我一屁股坐到地毯上。

「可以抽個菸嗎？」

我往上瞥，將阿剛的香菸拉過來，突然他又像間歇泉似地怒火中燒。

「聽好，這邊只要是那傢伙用過的，全都給我扔掉。」

「是。」

「那傢伙喝過的杯子、沾過指紋的東西，全都要扔掉。啊，心情糟透了。幹嘛要讓那種人進到家裡來啊。我很火大，妳到底知不知道啊？」

「你去問侍從，我們就只聊畫而已呀，根本沒做什麼壞事。」

「侍從那種人，一包香菸就可以收買了啦。」他說。「還有，你們在外面做了什麼！」

因為生氣，所以喝酒；喝了酒，更易怒。我怕阿剛的吼聲會從陽台往外傳出去，讓外人聽見，正準備關窗，卻聽見他如雷的罵聲：「開著！」

我跟他說「出去跳了舞、喝了酒」，說著說著他又從「這附近沾到指紋的東西都給我扔掉」，重複一直嘮叨。還好阿剛此時已經冷靜下來，開心地重複叨念而已，但是我已經累垮了。酒後的醉意逐漸沉澱，感覺昏昏欲睡。

等我睜開眼睛，發現自己早已在地毯上躺平，阿剛則不見人影。

我沒換衣服就睡著了。走到臥室一看，阿剛一個人好端端地睡在那裡，看來很舒服。而我卻因為宿醉睡不安穩，一直折騰到天亮。當然，阿剛展露出一副事不關己的表情，是故意要做給我看的，他氣呼呼地鼓著一張臉。

我也想倒頭就睡，但是我想現在倒下去，兩人恐怕就決裂了，所以極盡所能地調適自己的心情，洗臉、化妝，換衣服。在做這些事的當下，心情似乎真的逐漸平淡了。

「阿剛，咖啡？紅茶？」我盡可能如常地說話。

「咖啡。」阿剛的聲音還是很僵硬，但是當然已經沒有昨晚的怒氣。今早這種粗魯的聲音，反倒應該是昨晚無法盡情發洩怒氣，難得他大發雷霆，而我卻沒有好好接下他

註一：意指「福田啟」的日文發音「Fukuda Kei」頭一個英文字母。

的球，讓他好好爆發，所以對我餘怒未消。感覺就是因為昨晚沒能徹底爆發，現在有點在生悶氣。

我為了讓阿剛心情好轉，順著他的心意問：「今年的一族會大概會在什麼時候啊？」面對生氣的阿剛，我的態度很難拿捏。

要是過於謹慎地察言觀色，提心吊膽、戒慎恐懼，阿剛的臉色反而會更難看，還會趁勢反攻，出些無理難題。

若是無視阿剛的臉色，哼著歌假裝沒事，又會被罵說：「妳白痴啊，不知道我是什麼心情嗎！」

所以，盡可能如常地與他多聊生意上的事，是最好的做法。

「有人打電話來說，王妃殿下到歐洲去了，所以會延期。據說老人家多，夏天辦很累人，大概會延到秋天吧。」阿剛吃著小山般高的義大利麵，一邊這麼說。

看來他心情恢復得差不多了。只見他穿上新襯衫、繫上領帶，似乎不太滿意，又鬆開領帶，吩咐我：「褐色條紋那條。」

「是。」我可愛地回答。

他後來並沒對我說「別跟到車庫來了」。電梯一路下到地下樓層時，我挨著阿剛，摟住他的手臂。他雖然嘴裡說「好熱」將我推開，卻不是因為不高興。他已完全恢復正常。但是，我們沒有親吻。

他將車開出去，戴著淺色眼鏡，我說：「慢走。」卻也不看我。

「今天哪兒都別去！當人家老婆就乖乖窩在家，別出門。喝得爛醉，比老公還晚回家根本是不可饒恕的行為。」扔下這句話後，便以飛快的速度駛離。當下疲憊頓時湧現。這麼一來，他今晚回家時心情應該就恢復了，只是阿剛這個人反覆無常，有時候鬧過一陣心情還是很惡劣。

要是公司發生什麼事，或是我過度順服，都會讓他不滿意。

我一進屋，從鞋櫃下方拿出啟的畫，裝進紙盒後藏進我的衣櫃裡。阿剛那個人大概沒有仔細看這幅畫長什麼樣子，以後或許不會記得，但只要看到畫作一角的簽名就麻煩了。

惹阿剛生氣當然很恐怖，但是所謂的「麻煩」，意指要讓一切恢復原狀的勞心勞力很麻煩。

話說回來，昨晚的事也一樣，我並沒有那種徹底惹火了阿剛，致命性、慌了手腳的感覺。只是意識到事後收拾殘局很麻煩，所以在各方面都勞心費力地避免情況一發不可收拾。

今天猶如盛夏般炎熱，對於有點宿醉的雙眼，室外燦爛的陽光好不刺眼。我拉上百葉窗，又睡了回籠覺。十一點左右，有人打電話來。

這裡的電話沒公開，沒告訴任何人。只有我和阿剛家人知道，連我媽還有朋友都不知道這裡的電話，我都只說大阪公寓的電話。結果，這樣等於完全斷了與外界的電話聯繫。因為，我幾乎不在大阪的公寓。

我按下轉接鍵接起床頭旁的淡紫色電話。

「妳在幹嘛。太晚接了吧。」劈頭就訓人的是阿剛。

「在睡覺啦。」

「一個人嗎？」

平常的話，我會開開玩笑，但是今天才經歷過昨天的事，實在沒那個心情。

「當然。有什麼可疑的地方嗎？」

「沒事、沒事。」

「接下來幾點你還要打過來？」

「告訴妳不就作弊了？」阿剛此時總算放聲大笑。

他本人笑得很開心，但是有沒有想過我費盡千辛萬苦隱忍至今的心情，若是安撫老公心情的辛苦有勳章可拿，我都能拿諾貝爾獎了。

我不想睡，什麼都不想吃，坐在陽台上茫然望著那片火燒般的盎然綠意。一回神，望向廚房桌上，才發現裡面放著我隨身用品的包包不見了。

包包裡面沒錢，可是有公寓鑰匙及車鑰匙。此時我才恍然大悟。

下午，電話又打來了。

「現在不哭了，跑到外面玩了嗎？」

「乖乖待在家啊。我又沒有這裡公寓的鑰匙，出不去啦。」

阿剛放聲大笑。

我說：「這裡的鑰匙就算了，車鑰匙還我。」

「不是叫妳今天哪兒都別去嗎？」

「你愈這麼講，就愈想出去啦。」

「很叛逆嘛。看來，回去不懲罰不行了。」

阿剛已經完全恢復正常，說完後便掛上電話。

這樣的阿剛實在令人搖頭嘆息。

我總是在廚房忙東忙西的，照理說應該會看到，到底什麼時候拿走的？阿剛怎麼能無聲無息地將鑰匙拿走？

阿剛這種做法也好、個性也罷，實在讓人煩悶致極。我覺得這種行為與愛情不同，我常常無法與他一起一笑置之。阿剛大概以為我會笑，所以才那麼做的吧。

天空是濃郁的藍，與遠方海面上的顏色有點像。高台靠近山邊充滿綠意，閃耀到幾近白色。這種天氣若能外出兜風，或許就能一掃陰霾……

我卻被囚禁在家裡，宛如紙娃娃被貼在蒼白的紙房子裡，只能靜靜眺望窗外。

時節逐漸邁入夏天，阿剛的公司據說很忙，不但持續晚歸，也常到東京出差（有時我也會跟著去。阿剛帶我到東京的主宅，讓我與公公多親近。但是公公也很忙，鮮少有空見面）。一眨眼，已經到了暑假期間。

御影家後院閒置已久的游泳池，今年整理後重新啟用，趁此機會我也過去瞧瞧。

到達的時候，遇到正要出門的大嫂。

大嫂因為容易曬黑，所以除了頭上那頂帽緣很大的帽子外，脖子用喬其紗絲巾纏住，臉上脖子也都塗滿防曬乳，費盡心思只想避開那怡人、炙熱、直率的陽光。

游泳池畔傳來孩子的嬉鬧聲。

「已經可以游了嗎？」

「嗯，進去玩玩吧，今天朋子她們家也要來。」

「哇，那就變成兒童泳池了呢。」

大嫂笑了。只見她前腳剛走，似乎想到什麼又折返回來。

「有件事，想問問乃里子知不知道？」

「什麼事？」

我們走進走廊的遮陽處。儘管被大嫂問「知不知道」，我又不住在這個家裡，幾乎什麼都不知道。

但是，大嫂問的不是家裡的事。

「前一陣子，我家那個跟小剛不是到九州去了嗎？」

「蠻久以前那次？」

「是啊。聽說，他們兩個都從這邊帶著女人一起去吔。」

「啊？」我說。我戴著一副顏色頗深的太陽眼鏡，看不清楚大嫂的表情，感覺她似乎急了。

「唉，我是最近才聽說這件事的。」

「真的嗎？」

「妳都不知道嗎？」

怎麼可能知道啊，差點就這麼說了。

「我本來覺得還是瞞著妳好了，後來又覺得，還是得教訓一下比較好。」

「喔。」

「我這陣子教訓過我們家那個了。關於小剛那邊，他都說不知道、不知道，但是絕對有鬼。我都掌握到情報了。如果不嚴加看管，畢竟遺傳到公公，都不知道會做出什麼事來。傳出去也丟人。」

「阿剛啊。」見我歪著頭，大嫂隨即安慰我：「這可能很難相信，但是妳可不能太相信男人喔。唉，妳也別太沮喪了。」

「雖然不清楚小剛的對象是誰，不過聽說是酒店小姐。好像是讓她們搭不同班機，分批過去的。」

「哇，是喔。應該一起去的啊。」我這麼說，是因為我覺得旅行時，抵達目的地前的那段時間也是樂趣之一。

「還真不方便啊。」我笑說。「不惜做到那種地步，也想帶去嗎？」

大嫂露出奇怪的神情：「男人就是不惜排除萬難地搞外遇啊。」

此時我才發覺這就是所謂的「外遇」。

大嫂似乎還想說什麼，但是瞄了一眼手表後，對我親暱地說：「好了，我們以後再好好聊聊……要是有什麼事，我會聽妳說的。」

她還說：「這種事總不能說給大姊聽。妳呢，別客氣，儘管說給我聽，我在這方面好歹也算是前輩呢。」

「謝謝妳。」

她指的一定是阿剛與我夫妻間的爭吵，但是我從來沒為阿剛的外遇煩心過。

畢竟，阿剛在跟我結婚前，就已經和全大阪的女孩子打得火熱，這種男人怎麼可能只因為結了婚，就完全不再外遇呢。

讓我嚇一跳的，反倒是聽到阿剛外遇，自己卻沒有絲毫嫉妒的震驚。之前聽說中杉有個美女太太時，內心吱吱作響的嫉妒感，反而更有意思。

只是，阿剛從九州回來時興高采烈的模樣，說是「想早點與乃里子見面，打高爾夫球或喝酒時都在想這個」，結果在那期間，也滿足了自己外遇的心情，這又該怎麼說呢？這就是他可愛的地方。

正因為是阿剛，所以不論任何方面都很真實吧。

那什麼外遇都無所謂。大嫂說得像天要塌下來似的，我卻不覺得有多嚴重，對於阿剛的外遇，早就習慣成自然了。阿剛帶著我與其他女孩分頭同時幽會時，我會生氣是因為太年輕、不懂事。

外遇倒是其次，多虧阿剛，我現在感受到某種類似泥巴或墨汁的惡毒玩意兒，在內心緩緩沉澱。他偷看我房裡的日記、一眨眼偷走我的鑰匙、將我關在家裡等，這是阿剛內心扭曲的部分。

我換上泳衣，在泳池嬉戲，立刻就忘了大嫂說過的話，與小學生的姪子、姪女互相爭奪水球，同時教起小姑的年幼兒子游泳，玩得不亦樂乎。小姑有個快三歲、非常可愛的小兒子，甚至讓我覺得要是這樣的孩子，變成笨蛋也無所謂。不過，這與阿剛外遇一樣，都是屬於一旦看不到就立刻拋諸腦後的事情。

但是阿剛害我必須親手焚毀城池的那種感覺，卻永遠盤據心底深處，不會消失。

我淋浴後，換上衣服，用吹風機吹乾頭髮（向小姑借的），在走廊上發呆時，大姊說「養游泳池很貴，怎樣又怎樣」，而小姑則說「那點錢沒什麼人不了的吧」。

游泳池的維護費用由三家分攤如何？小剛家也要交錢，大姊如是說。

那麼一點錢，由大姊負責也不為過吧，小姑堅持。

「因為，大姊都已經先占了一堆東西了。」

「說什麼『占』，說得還真難聽呀。妳倒是說說看，我占了些什麼？」

「我本來是不想說的，但是把那只戒指占為己有，會不會太奇怪了？我之前到東京去，找爸爸問清楚了，媽媽好像從沒說過要把戒指給大姊喔。」

「爸爸人在東京，所以不清楚，呼呲呼呲……」大姊鎮定地說。

大姊就戴著小姑說的那只鑽石戒指，主張她的所有權，完全不願讓步。

「長久以來，管理這個家的人……呼呲呼呲。」大姊的鼻子發出聲響。「可都是我呢。這一點，朋子應該也很清楚，呼呲呼呲……媽媽身體虛弱，更重要的是為人太好，像管理一大家子這種低下粗活，根本就做不來。在這人數眾多的家中……呼呲呼呲……個個都是自以為是的人，呼呲呼呲……這可是相當吃力的工作呢。」

大姊感覺從容不迫，說起教來，絲毫不退讓。

「要是沒有我，這個家根本無法順暢運作。所以，媽媽對我很好，也非常感謝我。呼呲呼呲……後來還說，要把這個給我呢。嗯，沒錯……」

「這就怪了，大姊另外不是已經分到蛋白石或貓眼石了嗎？」

「貓眼石呢，我說妳啊，那只是騙小孩的東西嘛……既然妳都這麼說了，媽媽葬禮隔天，妳不是就開車來把媽媽的和服全載走了嗎？」

兩人都頑強地堅持己見，妳一言我一語，卻絕不會演變成最終對決的吵架。

「朋子，中元節收到的糕點全都堆在裡面的房間。妳選幾盒喜歡的帶回去吧，給孩子吃。」

「啊，謝謝。不早點吃完，巧克力可是很容易融化呢。」

適時穿插這類聊天，是她們對話的特徵。

結果過不久話題又回到了：「這樣的話，那個鑽戒不能分割成三份嗎？」

我開車回家時，想起大姊他們的對話，實在不感興趣又難以理解，令人感到困惑。不論那鑽戒歸誰、貓眼石落腳何處，甚至那棟附泳池的洋樓變成誰的，都與我無關，那全都不會真正屬於我，那是種虛幻的感覺。

那種感覺就像明明是為我買的毛皮、寶石或華服……還有住家或家具，但全都是夢幻泡影。

說到我真實擁有觸摸得到的事物，目前完全沒有。頂多就是福田啟的畫作而已。

我打開衣櫃，正在更衣時，阿剛回來了。

「好熱。」他扯著領帶，開出抱怨的第一槍：「冷氣不冷。」

「才剛回來嘛。」我猛一看，發現放在衣櫃裡的福田啟畫作不見了。

我心頭一驚，連忙撥開掛在裡面的禮服。

「在找什麼。」阿剛光著上半身站著。

「在找這個？」說著伸手從衣櫃上層將放在盒子裡的福田啟畫作拿出來。

「不是叫妳處理掉嗎？」

「會啊。」

「拿去燒掉。」說完又像加註般補充：「我是個執念很深的人。家裡要是種噁心傢伙的東西，我就會渾身不自在。不論妳怎麼藏，我光用聞的都聞得出來。」

阿剛似乎真心厭惡福田啟。

「那幅畫應該是從兩週前就不在那裡了，沒發現嗎？」

我沒發現。一直以為東西還在原處。

撇開此事不談，光是得知阿剛甚至打開我的衣櫃，到處嗅聞，便讓我身心俱疲。我的話隨之變少，阿剛大概是想讓我融入他的情緒，先是輕戳我的肩膀，接著鬧著玩地將我推倒。我一起身，他又碰我的肩膀，將我推倒。

我再次起身，忍不住真心脫口而出：「住手！」

兩人間一陣沉默，只聽見冷氣輕微的聲響。

「好吧，真是抱歉了。」

聽到阿剛這麼說，我這才「啊」地回過神，連忙道歉：「對不起。」

「我現在很累。今天，去御影的游泳池玩過。」

我想盡辦法融入阿剛想要打鬧的情緒，拚了命地擠出笑容。我怕阿剛不高興。他一不高興，要讓一切恢復原狀真的很麻煩，更何況，我現在的想法反正就先粉飾太平，其他的事後再好好思考。

「住手！」竟然說出內心真實的想法，這下子不是更難收拾了嗎。

莫名的，我的眼眶泛淚。

彷彿是自暴自棄的眼淚。

阿剛定定凝視我，然後繃著一張臉，從廚房拎著酒杯與白蘭地，走到起居室去了。

12

畫架那頭，出現一輛黑色日產公爵車。

那輛車沿著樹林繞了個大彎，往這裡駛來。在初夏盛開的繡球花夾道之下，一口氣開到玄關（因為大門敞開著）車才停下來。

我聽到車門關上的聲響，抬起頭，看到中杉正從水池邊走來。他彷彿很享受那涼爽的風，瞇起雙眼。

我將被顏料弄髒的手指，在牛仔褲上抹了抹，上前迎接。

「謝謝你，特地跑一趟。」我伸出手。

中杉先是環視四周，接著也伸出手。

「妳先生呢？」

「他今晚會晚點才過來。」

「現在不在？」

「對。」

「那好。」他又握了我的手，兩人忍不住都笑了。

「聽妳說『一定要來一趟』，我在想是不是發生了什麼事。」

不過中杉對我打電話給他似乎沒有反感。

「這裡果然不同凡響。開上山後，只要問『中谷家的別墅在哪裡』，就會立刻幫忙指路。」

「這是老房子了。」

「看來是這樣沒錯。」

「不過，大概是水池的關係，陰森森的……山裡面的水池或沼澤，感覺會有山椒魚妖怪跑出來，有點毛骨悚然。」

我很高興能見到中杉。

「山下熱嗎？」

「熱、熱，這種天氣來山上真是值回票價。汗都縮回去了。」

中杉穿著白色Polo衫，手裡還抱著一件外套。

他接著說：「今天來這裡畫畫的嗎？」

「也不是特地來畫畫啦，純粹只是沒事做。」

我帶他參觀房子。這棟老房子維持著原狀，並未改建，所以到處都是破損。

「這些都是霧氣造成的破損。……濕氣太重了。」

這裡的霧氣讓六甲的繡球花看來色彩更濃、更美，不過據說對建築物或人體都有壞處，所以小姑都不帶年幼孩子過來。

我脫下草帽，從緣廊進屋。

「要不要開啤酒？」我對中杉說。「還是要喝咖啡？」

「不，還是喝啤酒好了。」

他原本坐著，隨後又起身，似乎很稀奇地端詳長押梁（註一）、緣廊或門。

據說這房子是洋人令日本工匠打造而成，建築手法很奇特，我還記得頭一次來到這裡的時候，也覺得很新奇。

「阿剛很以這房子為榮呢，還有建築相關的研究人員來參觀呢。」

「原來如此。」

我們兩人以啤酒乾杯。

我說：「還讓你特地跑一趟，真抱歉。」

「不會，別客氣。」

我們同時喝了酒，那是有點冰過頭的啤酒。

我實在太開心了，所以話變少了，顯得有些冷淡。

但是中杉是個成熟的大人，不會說什麼「一口喝完啤酒，會不會喝太快」、「所以，有什麼事嗎」等等性急地催促我。

他只是靜靜地從緣廊望著庭園景色還有部分水池，末了感嘆：「這裡還真棒呢。」

我從屋內將福田啟的畫提過來。

「請問，可以幫我保管小啟這幅畫嗎？我買了這幅畫，但是遇到一點問題。」

「福田啟的畫嗎？」中杉說著，一派輕鬆地打開盒子。

「啊，這是掛在側邊那幅吧，我還記得。妳買了這幅畫呀。」

「嗯，買了，但是不能掛在家裡。」

因為先生猜疑是不是我以前的男人，大鬧了一場……這應該沒必要說吧。

註一：日文原文「長押」，為日式建築物中常見建材，設於兩根柱子之間的橫梁。

「以後想送給喜歡的人，可是又沒地方放，所以想拜託中杉先生幫忙保管。」

「那，大阪的公寓呢？」中杉說完，隨即又說：「算了，無妨。可以跟家裡那幅輪流掛著看。」

「另外也要麻煩你對小啟保密。」

中杉點點頭。隨後，他像在處理極度貴重的物品般將畫收好，說：「先失陪一下。」將畫提上車去放。

我鬆了一口氣。

這麼一來，畫作就不會被阿剛撕壞了。

中杉回來後說：「啤酒要是喝太多，等一下說不定會翻車回不了家呢。」

「我幫你訂了飯店，你忙嗎？」

我對中杉非常客氣。

「當然要住在這裡也沒問題，只是覺得房子老舊，可能你會住得不舒服。」

我其實希望中杉能住下來，但是阿剛如果又因此胡思亂想、隨便吃醋，又會囉哩囉唆的。

我對阿剛說：「我想讓中杉先生看看我們在六甲的別墅。」

這正是阿剛的弱點。

阿剛的虛榮心一旦被挑起，就會二話不說點頭答應。我讓阿剛誤以為，我很看重那棟別墅古董等級的價值。

「想向中杉炫耀那棟別墅。」這樣的主張果然讓他爽快答應：「是嗎。只是叫他來看看，倒沒關係。」

「那個人好像對這類東西感興趣。找不識貨的人去看也沒用，不過他應該懂得那棟建築物有意思的地方。」阿剛還這麼說。

「而且，我想他看到那裡的家具、椅子或時鐘之類的，也會很開心。」

「是吧。」他也沒反對。「那些東西現在要買可是天價呢。什麼都不懂的人是不會了解的。中杉先生應該識貨。」

我於是打了阿剛告訴我的電話號碼，請他過來。

「不說那福田啟，妳先生知道我來這裡吧？」

所以當中杉憂慮地這麼問時，我也能回答：「那當然。」

「只是，那幅畫的事情還要請你保密。」

「我知道了。……好像和太太……」

「乃里子。」

「和乃里子在一起，許多事情都得保密呢。」

「『成熟的大人』還真是辛苦啊。我們一起背負這個重擔吧。」我繼續喝著酒。

在夕陽早早西沉的山上，天空色彩散發黃昏本色，逐漸轉為澄澈。

「啊，真棒，妳先生怎麼不快點來呢。」

「為什麼？」

「我想心無芥蒂地欣賞山上難得的夕陽美景啊。但是與太太……與乃里子獨處，總是會顧慮妳先生，無法好好欣賞。」

「啊哈哈哈……」我發出睽違已久的笑聲。

「妳好像瘦了一點。」他望著我說。

「大概是因為夏天吧。……我到了夏天總會變瘦。」

我微笑看著中杉。沒發現自己的手指，正神經質地敲擊著桌面。中杉瞄了手指一眼，我頓時停止手邊的動作。本想斟酒，卻將酒杯打翻了。

中杉拿出手帕擦拭桌面。

「我這是怎麼了！」我難過地說。

中杉似乎想改變話題，所以問：「作畫完成了嗎？」

「沒有。我今天早上剛來。先生難得休假，也都沒什麼空過來。」

「我家那個，也不管我有沒有休假，反正暑假一開始，就咻一聲跑去避暑了。」中杉說。「她帶著孩子去了信州。我每年到七、八月，常得當鰥夫。偶爾也會出門啦，最煩的就是塞車，後來慢慢地就懶得動了。」

「就一個人待在那片竹林深處的家裡嗎？」

「與煮飯婆婆一起住，有時候太晚回家，司機也會留宿。可是那房子沒想到挺熱呢。似乎風道被堵住了，看來明年得動一下房子，不改建不行了。」

中杉悠哉地聊著。

「婆婆她呢，不論再怎麼熱都能忍受。也有這種人呢。不過，我是個怕熱的人，所以聽到太太……不，乃里子約我到六甲山的別墅來，簡直就是及時雨，本來中午有個會，乾脆直接蹺掉跑到這裡來了。」

中杉說完，哈哈大笑了起來。

「太好了。」我開心到幾乎落淚。

眼淚果真奪眶而出。

「真抱歉，看我一會兒焦慮難安，一會兒想哭，一會兒又突然開心起來，我這陣子真的好怪。」

說完中杉隨即嘲弄道：「不會是懷孕了吧？有些人就是會這樣啊。」

他看我表情不對，只好又說：「抱歉、抱歉，開玩笑的。妳先生怎麼不早點來啊。」

看來，要伺候古怪的我，中杉似乎也覺得吃力。

13

「這裡有燈具收藏，要不要看看？」見中杉一臉稀奇地張望屋內，我說。

那大概是阿剛父親的嗜好，裡面有間昏暗的房間堆滿了各種西洋古董等雜物，上頭都積了一層灰。我對那些東西頗感興趣，每次與阿剛來這裡時都想好好觀賞一番。

結果，根本沒閒工夫「好好觀賞」。

總是忙著「打情罵俏」。

更何況，阿剛對那些破銅爛鐵也沒興趣。

（就是有人明明對擁有那些東西洋洋得意，實際上卻一點興趣都沒有。）

要是有人跑進那間房，翻來翻去欲仔細端詳，阿剛或許還會高度警戒猜疑，在旁監視。他應該擔心，房裡有什麼東西被摸走。

（就是有人明明沒興趣，占有欲卻很強。）

如果那個人不會伸手碰任何東西，彬彬有禮地欣賞，不吝惜發出所有讚嘆，阿剛就會非常滿足。

但是，我幾乎沒有好好看過這裡收藏的古董。

與阿剛在一起時，要做的事情實在太多，煮飯、喝酒、玩「拍拍拍」、像顆球被滾來滾去、聊天、散步，還有趁觀光客或遊客人少的時候，驅車遠赴牧場，喝新鮮的冰牛奶，行程排得滿檔。

而且，我也覺得與阿剛在一起時，做那方面的事比較有意思。

享樂的方式也有所謂的「青菜蘿蔔各有所好」，與阿剛一起鑑賞那些破銅爛鐵古董，也會感覺「白費功夫」。

「那是妳先生的興趣嗎？」中杉抽著菸，一邊問。

「不，是公公。說不定是死去的婆婆呢。」我笑說。「不過，要是婆婆，可能會是一些更有來頭的收藏吧。畢竟……」

婆婆之前的隨身物品及用具，我全都好喜歡。所有物品上都有蝴蝶的家紋，像是高級塗漆的木製文件盒、鏡台，還有其他零星的女性用品。而且，「最厲害的是『雛娃娃』（註一）喔……」

那些人偶現在每到三月的「女兒節」，就會為了大伯在上小學的女兒陳列出來。

「所有人偶擺出來，能將六疊（註二）的老舊和室塞滿呢……」

「內裡雛」（註三）的表情生動，可能年代久遠，因為那樣的表情以現代人的思維是絕對創作不出來的。

人偶的臉型修長，五官透著寂寞又高雅。

每尊人偶都被細心呵護收藏，沒有蟲蛀，衣裳的織金也呈現出美好的歲月痕跡，金線已變得黯淡。僅是觀賞描金漆器類的日用品收藏，幾乎就要花上一整天的時間了。另外還有衣櫃、長衣箱，到火盆、書案應有盡有。

此外，收藏後來可能夾雜昭和初年的摩登風，甚至還有和洋融和風格的迷你陶製餐具模型、錫製廚具，全放在最下層的角落旁。而這些全都是婆婆帶來的嫁妝。

「還有古老的法國娃娃。另外還有好像在歌曲裡提到過的美國賽璐珞娃娃……這些娃娃的表情都好生動……」

我竭盡所能地形容那些古老、雅緻的娃娃臉龐。總覺得中杉聽得懂這些。說起來，這也與「青菜蘿蔔各有所好」的道理相同。

「呵呵，好像妳渴望想要呢。乃里子比小孩子更迷戀這些人偶吧。」我被中杉嘲笑。

我笑而不答。我早明白，若在阿剛家人面前，流露出半點「想要……」的神情，事

註一：日本三月三日「女兒節」，家家戶戶為祈求家中女兒健康成長，在階梯狀陳列台上所擺設、身著和服的傳統日本娃娃。

註二：約三坪的空間

註三：雛娃娃又分成各種不同角色的人偶，象徵宮中不同的人物，名稱也各有不同。「內裡雛」即為象徵「天皇」與「皇后」的一對男女人偶。

情可就嚴重了。阿剛他們一家對我這個不知道打哪冒出來、來歷不明的人，尚未解除戒心。

他們因為我的存在，似乎從未斷過「財產分配」的念頭。婆婆的遺物中，我姑且分到了和服與和服腰帶，但是大姊卻以「暫時保管」的名義拿走了。

那樣，我反倒樂得輕鬆。

阿剛一族看我不太主張所有權，好不容易才有放過我的跡象。

但是，一雙雙「現在還無法安心放手」的警戒雙眼，仍持續盯著我。我看得出來，他們絲毫不敢鬆懈，深怕我有一天會撕開乖乖牌的假面具，在關鍵時刻進攻：「我可是嫡長子阿剛的妻子，這應該是我的份。」

不論法國娃娃，還是賽璐珞娃娃，只要說出「給我」，肯定會在家族內引發高度恐慌。

我現在就能想見，前皇親貴族說不定會立即召開家族會議，為此商討對策。畢竟，他們連一支衣架都不願意分給我。

所以，想與這種家族和睦相處，訣竅就是看到他或她所有的財物時，就要大肆讚揚一番。

「哇，好棒。」

「果然，與其他普通貨色就是不一樣呢。」

「真的，這些可不是隨隨便便就買得到的。一般人怎麼可能擁有嘛。」

同時，不能顯露出任何物欲渴望的神色或跡象。

所有一切都交給大姊全權處理，只要說「大姊覺得好就好」，那麼就能天下太平。

因為大姊就是生來要管理財富的那種人。

但這些事情對中杉而言應該索然無味，所以我並沒有提起。

「這裡。」我推著中杉，走進內側另一間房。

在這棟陰涼的房子中，這又是其中特別陰涼的一間，由於室內很暗，我「啪」一聲開了燈。波浪狀的玻璃燈罩宛如古早味十足的糖水刨冰容器，開燈時必須扭開燈罩上方開關。

「哇。」中杉驚嘆地環視四周。

成功讓中杉發出預期的讚嘆，我覺得很滿足。

裡面放著古老的西式木椅（那椅子很重，難以搬動，總之強調的就是堅固結實），還有一張洋人使用過、桌面很高的老桌子。

桌面放滿大小不一、塵埃布滿的燈具。

「真像小泉八雲（註一）用過的東西。」中杉已完全著迷，吹去塵埃，拿起燈具凝視。

「你看、你看，這個。」

我發現了一台有牽牛花造型喇叭的古老留聲機，開心不已。

「在繪畫或照片看過，實物倒是第一次。」中杉蹲到留聲機旁，仔細端詳。但他還沒時間仔細研究，我又說：「你看、你看！這個。」將他從留聲機旁拉走。

「這是什麼？」我玩弄一個像溫度計又像時鐘的儀器。

「船上的測量儀器之類的嗎？因為這裡還有一些船上的東西……」中杉挪開船舵或浮標等，拿起我指的測量儀器類的東西。

「你看、你看。」旋即又將中杉的頭硬轉過來。

看似來自西班牙、外圍有一圈銅製框飾，早已被煙燻模糊的鏡子。形狀大小不一的黃銅壺。

小尊的寧芙妖精大理石雕像（少了座台）。

老舊的咖啡磨豆機。三、四座柱鐘（全都停了）。

吊燈還有燭台。

「你看、你看，還有浮世繪呢。」我又指向掛在牆上的畫。

那畫的裱框玻璃角落破裂，有一小部分褪色，是將三幅畫作橫向拼接起來的浮世繪。

看是描繪戰爭的畫。

「是明治時代？這是西鄉吧……」

中杉吃力地查看右上角的提字，好像是「西南戰役」（註二）的錦繪。畫上寫著「新聞解說」的報導，內容是說「西鄉軍已出發反攻」，但是閱讀到最後，卻又寫著「據

註一：小泉八雲（一八五〇——一九〇四），出生於希臘的英籍記者、小說家與日本研究家，於一八九六年歸化日本國籍，並改名為「小泉八雲」。後半生致力於東西文化交流，著譯作等身，不僅為日本現代怪譚文學鼻祖，多本著作也有助他國對於日本的了解。

註二：日本發生於一八七七年，以西鄉隆盛為盟主的鹿兒島縣士族的反政府叛亂，為明治初年一連串士族叛亂中最大規模的一場，也是日本最後一場內亂。

傳，實為反攻無誤」。

「什麼嘛，這種寫法，什麼亂七八糟的新聞都行了。」中杉說完，我們都笑了。

「明治一般大眾比較偏袒西鄉，都希望他能反攻吧。」我說。

「或許吧。這或許就是無法發聲的民眾真實心聲，他們希望『拜託請反攻吧』。」

我們聊著這些。

好開心喔。

這種話題有可能與阿剛聊嗎？

我滿足地眺望那堆小山般的破銅爛鐵，說：「說是古董嘛，還比較像資源回收場呢。」

「唔……」

中杉是位紳士，即便心裡真的覺得「沒錯，就像資源回收場」也說不出口吧。

他為此辯護說：「這些應該還是基於喜歡而收集來的東西吧。只不過，這興趣算是十分廣泛。」

「說不定全是被颱風一口氣吹過來，然後直接用掃把掃進來的呢。」我們都笑了。

和室門框上掛著婆婆年輕時的照片。我指著照片說：「那是中谷家的婆婆。真正有價值的是這位，就像『美術古董』的美人。」

婆婆穿著白色的夏季服飾，身旁站了一隻看來像雪達犬的大狗。

影中人面露微笑，很年輕、很美麗。

中杉專注地眺望照片好一會兒。

「這是在這棟房子的前面吧。」

「嗯，應該是玄關那附近。」

「繡球花能開得這麼茂盛呀？」

「嗯，這裡的繡球花都開得很美……只是繡球花盛開的季節雨水也多，所以也不常到這裡來。而且，這邊山裡的公路一下雨就常有落石，很恐怖。」

中杉專注盯著婆婆的臉龐。

「前華族很多人就是長這樣的呢……可惜沒機會在她生前見上一面。」

「說婆婆是以前宮裡的皇族、貴婦，沒人會質疑。」

「這隻狗是府上的嗎？」

「不知道呢。那是以前的照片了。」

「但是阿剛他……我先生他……討厭貓狗。他說，那些狗貓高高在上，一副理所當然要人養牠們的態度，很盛氣凌人。」我笑說。

「狗應該也是這麼想的吧。」中杉說。「我是一片好意才待在人類身邊，結果人類卻高高在上地認為狗要靠人養。」

「哈哈哈哈。」我一笑，中杉說：「終於笑了呢。」

我們又回到原來的房間。

開了新啤酒，喝了一會兒，還是沒見到阿剛的車。

一陣風從水池那頭，拂過水草或蓮葉往我們吹來，如水一般輕觸肌膚。

當天色逐漸轉暗，紅色睡蓮便低頭似地開始闔上。

這棟房子與隔壁別墅以植物籬笆相隔，不過同樣面對水池。轉暗的水面上，迴盪著孩子清澈高亢的聲音。

我怕飛蛾或螢火蟲飛進來，所以拉上紗窗。

「肚子餓了呢……我看他就快來了，要不要先去洗澡？水已經熱了。請先洗吧。」

「唔，可是……」中杉說他可以先回飯店。我於是向他說明，阿剛工作完就會回到這裡，與中杉一起用餐。另外也已經事先安排好，只要一通電話，飯店即刻就會派車來接。

我按照阿剛吩咐，從飯店餐廳外帶餐點，只要加熱就能吃了。此時我已經是飢腸轆轆了。

山上空氣很好，能感受到紮實的食欲。我實在很想與中杉兩個人用餐……「明明是我們請你來的，結果卻遲到，真抱歉。如果能早點到就好了。」我是在說阿剛。「但是老實說，之所以會拜託中杉先生早點來，也是因為剛剛那幅畫的關係。這件事還請對阿剛保密。」

「我知道。」

「要是被阿剛發現，會被他撕爛的。」

「這之中似乎有許多紛擾。不論如何，就交給我保管吧。」

中杉笑著這麼說完，就去洗澡了。看他手提包裝著換洗衣物，想來我在電話裡說的「請在這裡留宿」那句話，至少聽進去了。

我趁這段時間，脫下牛仔褲，換了件緞背縐洋裝，袖子採手織粗網設計，整體風格沉靜。

正在擺放三人份的餐具時，電話響起，是阿剛。

「中杉先生到了嗎？」

「嗯，剛到。」我姑且這麼說。「肚子餓了，你快回來啦。」

「不行啦，我應該會晚到。你們隨便先吃吧。工作看來會拖延。」

「怎麼這樣。」

「再晚也會過去的，中杉先生就拜託妳囉。」

「我不要啦。要是我單獨接待中杉先生，事後都不知道會被你怎麼講、怎麼整我了。」

阿剛放聲大笑。

「時間差不多就趕人啊，飯店訂了吧？」

「今晚侍從也不在，我可不知道會發生什麼事喔。沒關係嗎？」

「我可是在監聽。給我記得，要是惹出什麼麻煩，小心斷手斷腳。」

他是怎麼了。感覺上不怎麼擔心。我反諷回去。

「我可是偏愛中年男人喔。事先聲明，到時候要是跟中杉先生不小心來一下，怎麼辦？」

「妳就是這種老愛唱反調的個性惹人疼。好了、好了，工作結束後立刻回去，妳洗乾淨等我回去。」

「洗哪裡？」

「笨蛋。」他說著掛上電話。

心情，很好。

應該像是工作很有意思，覺得充實。

只要聽到阿剛這種聲音，內心部分的我就會鬆一口氣。我沒有孩子所以不太清楚，但是小姑常會窺探庭園，看到孩子開心地嬉戲，才安心地將頭縮回來，繼續和我們聊天，我內心的某部分正與這種心情不謀而合。

「很舒服的浴室。」中杉走了過來。我很開心，幾乎想撲上去咬他的脖子。因為可以兩人單獨吃飯了。

「他好像會晚到，所以希望我們先吃。」我轉達了阿剛的電話。

「啊呀呀。」中杉看來有些傷腦筋。「這麼一來，該怎麼辦？」

「怎麼說？」

「這樣不是會添麻煩嗎？不如我現在就到飯店去吧。」

「別這樣。我先生說請您務必留下吃頓飯。」

我點上蠟燭，擺好銀製燭台。蠟燭是細長橘色的。

中杉看過我先後展示的各種威士忌後，選了波本酒。我則是摻水白蘭地。

中杉聊到，阿剛家那些「真正」的古董很不得了。他說，好久以前受邀參加東京舉行的茶會，曾為他們展示琳瑯滿目的古董。

當然，這棟房子裡的破銅爛鐵沒有那麼值錢，所以大姊那位管理者才會放心地全堆在這裡。上等物品應該都已列冊管理，收藏在倉庫中。

我還是比較喜歡古老的名器茶碗或掛軸，例如這裡的黃銅壺、「據傳」的錦繪，又或疑似小泉八雲用過的燈具。

只是不論多麼不值錢的破銅爛鐵，都絕對不可能歸我所有。

「那些東西只能純欣賞啦。」我笑說。

中杉面露狐疑。「總有一天都會是乃里子的吧。畢竟，這個家當家作主的是妳先生啊。」

「那種事情誰知道啊。我也不太清楚。只是自從來到這個家，已經被訓練成『不論看到什麼，都不能想要』啦。」

我們灑了大量魚子醬在燻鮭魚上享用。因為家裡有許多昂貴的魚子醬罐頭。周遭浸淫在爽颯到幾乎高潔的涼意中，感覺甚至沁入了心脾。山上夜晚的涼爽，還真讓人不虛此行。不論是酒或料理，都變得格外美味。

酒酣耳熱之際，心情慢慢平淡，整個人也清爽起來。

我好不容易終於回到平常的自己了。

「妳剛剛簡直像半個病人，一臉憂鬱，隨時都會哭出來。」中杉說。「整個人感覺很煩躁、心神不寧的，老實說真有點嚇了一跳。還以為是不是得了神經衰弱呢。」

「中杉先生好像醫師喔。」

「一看就知道了。而且，電話裡的聲音也很奇怪。」

「怎麼個怪法？」

「想不開的聲音。本以為會被逼著一起殉情。」

「啊哈哈哈，真是那樣的話，中杉先生怎麼辦？」

「唔，我現在的工作也很閒，倒也無妨，只是這種事情也沒必要急於一時……嗯，改天再找機會吧。」

他說著，為我的空酒杯斟上了白蘭地。

「兩個人一起去剪個頭髮囉。」聽他這麼說，我忍不住笑了。

「說完這句話，就從這個世界消失。那真是最精采的消失方式了。在那之前，可得要『邊走邊瞧』地活下去喔。」我說。

中杉也都還記得，他說：「對、對。」然後露出一笑。

我不知為何在他身邊，心情如此平靜。話說回來，這一陣子始終焦慮難安，持續服用精神鎮定劑。但是那些藥完全沒用，經常一不小心就可能眼眶噙淚，或是對阿剛滿腔怒氣。

但是，請中杉幫忙保管福田啟的畫作之後，說來誇張，感覺內心逐漸湧現希望活下去的情緒。

「老實說……」我叼著菸，在中杉幫忙點火前，用桌上型打火機先替自己點了菸。那個桌上型打火機體積龐大，外觀是槍枝形狀，又大又重。

阿剛則用起來剛剛好。

「那個……」我深深吸了一口菸，伸手把玩那支槍。「與中杉先生碰面的事前運作很麻煩。想與中杉先生碰面，就會被追問『為什麼』，又不能自己打電話聯絡。」

「哈哈。」

他饒富興味地凝視著我。那溫和的雙眸只覺得我現在在說的很有意思，沒有特別感到困擾，也沒有慌亂。

畢竟，他可是半夜被人割下首級也不會恐懼的人。

「小啟的畫，是要見中杉先生的藉口。想招待中杉先生來六甲的別墅，是對阿剛交代的藉口。事實上，我只是想見中杉先生而已。」思考了一會兒，我說：「我現在才明白。」

「我之前一定是因為不明白真正的原因，才會焦慮難安、心神不寧的吧。就算服用精神鎮定劑，也完全好不了……簡直就像『八百屋阿七』(註一)的相思病呢，動不動就想起中杉先生。」

「我知道那樣很奇怪，可能根本就是精神衰弱吧。那思念偶爾浮現腦海，也很快消失，只是滿腦子都想著這些，也算異常吧。」

中杉完全不為所動，叼著菸，又斟了威士忌。

「但勉強彼此見面，就不太能『享受人生』了吧。」

「為什麼？」

「常常偶然邂逅，才比較開心啊。例如最初是在府上的宴會碰面的。」

「然後是小啟的個展。」

「不對、不對，宴會隔天，我們又在遊樂園遇到了。」

「啊，對。」中杉確實記得我倆的事情，讓我很開心。

但是，那也可能是他喝得還沒有我醉的緣故。

「一連串非常巧的偶遇。」

「真的。」

「只要這麼想，不論一年還是兩年，每次相遇都挺有意思的。」

「但是，見不到就會很無趣。」

「是嗎？如果彼此能留下回憶，那麼與常常相見是一樣的，不是嗎？」

中杉的優點就在於陳述本身看法，卻絕對不會強硬說教。

「是好是壞還是其次，完全只是因為這樣生活比較開心，凡事不能勉強。」

「這樣好奇怪。」

「有什麼奇怪？很叛逆嘛。」

「我還年輕，沒有中杉先生那種神仙興趣呢。」

我邊說邊將奶油燉小犢牛加熱後端來，盛入溫過的餐盤遞給他。兩人有好一會兒都沉浸品嚐料理之中。

這裡也會開伙，只是沒有相關用具與調味料，有客人的時候就叫飯店外賣應急，這是我們家的習慣。即便如此，一直以來不曾像今晚如此美味。

註一：江戶時期八百屋（蔬菜商）之女「阿七」，為見心愛之人一面，不惜縱火，因此被處以火刑而死。

「今晚感覺會喝醉喔。」我先預告。

「拜託要開懷地醉一場喔。與其他太太面對面喝酒時，看到她們發酒瘋，真是不忍卒睹。」

「你是要我『開懷地醉一場』吧，我不懂那是什麼意思。下流地醉倒不是最開懷嗎？」我糾纏胡鬧著，結果被念了一句：「別鬧了。」

耳邊傳來蛙鳴聲。

「都聽不到車聲呢。這座山往來還蠻多車子，本以為會吵。」中杉說。

「因為這裡離大馬路還有一小段距離啊。根據阿剛的說法，好像只有早期的別墅，才能從馬路直接開進來喔。」我想稍微調侃阿剛，才說這番話。

「我喜歡六甲。因為這座山不會陰森森的。日本的山多半都有墓地或神社，不是某某上人開山，感覺莊嚴神聖，不然就是整個陰森森的。這裡是由洋人發現開山，什麼日本首座高爾夫球場啦、健行路徑啦，好像百無禁忌，很開闊，真好。據說六甲山這裡，還流傳過美國士官迷上山頂茶館姊妹的故事呢。」

或許真有那樣的故事，但是我現在沒興趣。

我彷彿身體搖搖欲墜，沉浸在不穩定的愉悅情緒。

「那個啊，我在想，活久一點的話，就會有各種新發現。」

「什麼發現？」中杉似乎很專心享受他的奶油燉小犢牛。

「像是不用非得上床，也會對好男人萌生好感之類的。」

「原來如此。」

不論說什麼，都無法攻陷中杉。也就是說，我實在難以與之匹敵。

「像是下流醉法的研究。」

「妳現在已經差不多了喔。」我被他這麼說。我現在連△△都說得出口了，若中杉要我說的話。

當然，這個男人應該不會這麼說。要是真的唆使我「說吧」，感覺上全世界的人都異口同聲地怒吼「說出來是理所當然的」不說才是猥褻。

中杉對料理讚不絕口。聽說是飯店餐廳的料理，又讚美起那家飯店。他說，很久以前在某飯店用餐，覺得湯頭非常美味，結果搭計程車回家等待紅綠燈時，看到了飯店後門，結果「罐頭湯底的空罐堆積如山。」這話逗得我開懷大笑。

我真的很喜歡他那看來愛睏溫和的眼睛、溫柔直率的言談舉止，還有沉穩成年人的氛圍。還有，他稱讚我「實在真的很美喔，自己照照鏡子。難怪中谷先生會愛上妳」的和善。實在是討人喜歡。

我望向鏡子，雙眼閃耀著金黃色光芒，緞背縐的白色衣裳沐浴在燭火之下，染上一片偏紅色彩。除了鑽石項鍊，我還戴著鑽石與祖母綠的戒指。

那戒指實在太大、太重，我纖細的手指幾乎快抬不起來了。換言之，我全身上下到處閃閃發光。

隨著心情猶如金箔般愈飄愈高，身子反而愈來愈沉，後來吃完飯，就換到緣廊繼續喝。天氣很冷，玻璃門沒辦法開。這奇妙的屋子嵌有精緻的雕花格窗，另一方面卻設置堅固的門扉，中杉似乎相當樂在其中，著迷地觀察每處細節。

「我頭一次來這裡的時候，就聯想到幕末時代的連續劇。電視不是常演紮著髮髻的武士腰際插著刀、坐在椅子上，與哈里斯（註一）或休斯肯（註二）等人對談嗎？」

我一說完，中杉拿著酒杯坐到椅子上，點頭說：「的確有那種感覺。」

其實就算我說出其他完全不同的印象，他也是同樣的反應。他就是知道如何體貼他人。我甚至無法相信，這樣的男人與阿剛、大伯或東京的公公都是同業，做類似的工作賺錢。但想像他到公司去，說軋延工廠怎麼樣、又或談論決算報告怎麼樣（我曾偶然聽到阿剛與大伯談這個），感覺上也很相稱。簡單來說，這個人不論擺在哪個位置都能完美融入，唯有與女人獨處時的情況難以想像。

但是這一點，我以前的男人水野也是如此。都是突然像引擎發動似地自顧自往前衝的那種人，完全超乎我的想像。中年男人真的沒有那麼簡單。從玻璃門望出去，一顆顆色彩細膩的星子，逕自專注閃耀。

不像以前水野或五郎那些男人，我絕對沒有抱持著好想與中杉上床的煎熬心情。

（福田啟就是所謂的「偶然」，所以才像在日記裡寫下幾點起床般記下了「與K・FML」。）

（而阿剛的情況，實在是因為他過於天真無邪地嚷嚷「做吧」、「讓我做吧」，我也

註一：一八〇四——一八七八，Townsend Harris。前美國外交官、首任駐日公使，以締結《日美友好通商條約》而為人所知。

註二：一八三二——一八六一，Henry Conrad Joannes Heusken。美國前駐日總領事館通譯官，追隨哈里斯工作。著作《休斯肯日本日記》，為日本幕末外交史的重要史料。

覺得有趣，一半是抱著玩玩的心態就隨便他了。）

但是和中杉在一起，卻有種想要割捨那些情欲，永遠待在他身邊，若形容成教祖大人身邊那些狂熱信徒的渴望仰慕，或許很貼切。

話雖如此，也不能說「毫無性吸引力」，與中杉兩人獨處，就足以讓我心頭小鹿亂撞了。

「那個，可以問個較深入的問題嗎？」我說。

中杉露出微笑道：「請、請、請。喝了酒，彼此聊些深入的話題，正是成熟大人的禮儀。」

「中杉先生過去與原梢小姐有過特殊情誼嗎？」

「為什麼會這麼問？」中杉面露驚訝。

「只是有這種感覺。」

「不是啦，當時進一步發展也很好啊，只是彼此認識太久了，實在演不出來，自然表現出來的就只有友情。」中杉流利地答道。接下來，反而我嚇了一跳。

「愛情需要演技嗎？」

「當然需要啦。」

「夫妻也是？」

「有些人需要吧。必須發揮演技，讓彼此合得來吧。」

「嗯。」

「『邊走邊瞧』，然後時間到了劃下句點，就是在說這個。」中杉放下了酒杯。「多謝款待。下次換我做東款待吧。但是，我本月底到下個月要去一趟歐洲……屆時，再由我打電話聯絡吧。」

他放下餐巾，起身說：「妳先生還真晚啊。」同時望向手表。

「我又沒說你能回去。還不能站起來喔。」

我鬧起脾氣。此時才發現，自己一直都想和中杉聊聊阿剛與我的事。想針對個人的焦慮情緒，進行心理諮詢吧。如果想談這種事情，泰雄會是很好的人選，只是他很孩子氣，而且我其實也有點不把他當一回事，一聊起來恐怕會口無遮攔地全盤拖出，滔滔不絕地不知道什麼時候該停。

老實的泰雄會「嗯、嗯、嗯」地乖乖傾聽，我的心情一放鬆，慢慢地連私密的床笫之事都會不分對象地全盤拖出，甚至連腳底「咕嘰咕嘰」、「拍拍拍」都一股腦地全說出來吧。這才驚覺泰雄也是獨當一面的成年男人了，而且還單身，說這些讓我羞愧到全身漲紅。所以，對泰雄是難以啟齒的。

對五郎傾訴，大概也聊不出個所以然；那個姓福田的小啟，實在是不夠份量。

原梢雖然是個成熟的女人，但是與啟同居，「當局者」的氣息過於濃厚，大概也無暇顧及其他夫妻的事吧。

這也不是我會和大伯或大姊聊的事情。

對我的家人說，也說不通。他們都說我被有錢少爺娶走後，享盡榮華富貴，連親兄弟的家都不願走動，索性放棄我了（阿剛連我回去見母親或哥哥，都會吃醋）。

總而言之，就只有中杉了。

只不過，我所說的能否順利讓他了解呢？我實在不太有把握。

但是，我終究還是說不出口。就像當阿剛想要打鬧，自己沒能順勢起鬨，還不自覺地說出真心話：「別鬧了！」那一瞬間凍結的沉默。

真的只要一瞬間，天地變色，男女感情的脆弱與恐怖。直到第三年，終於說出了真心話。

「真心話一旦說出口，就再也無法回頭，之後就會一直都說真心話嗎？」「我肯定是忙著串連起那每個瞬間，才會這麼疲憊吧？自己這麼焦慮是因為這樣的吧？」

我想這麼問中杉。

「生個孩子吧，到時候就不會像這樣神經衰弱了。」

「說到底，還是因為太有錢、太閒了吧。先生對妳的滿滿愛意都要溢出來了，就是因為太多空閒時間，才會亂想。」

要是中杉，絕對不會像全天下的成年人一樣這麼回答吧。

但是，我可能醉了。沒有自信能以細膩的形容，盡量客觀傳達自己的心境。中杉堅持要開自己的車走，他將車開駛出去時，我張開手指、抓住窗框，對著車窗說：「要再見面喔。」就已經耗盡全身氣力。

中杉點燃香菸、用嘴叼著，衝著我一笑：「再打電話給妳。」隨即靈巧地倒車，將車頭轉向後揚長而去。

14

阿剛凌晨一點左右，才總算上山來。大門那邊傳來一聲喇叭聲，我披上一件向日葵那種正黃色的浴袍去開門，他直接將車開進來，從緣廊那邊繞過來再進屋。

「中杉先生回去了沒？」

「那還用說嗎。這時候還在，你會氣到臉色發青的。人在會念，不在也念，要我怎麼做嘛。」

「『是』一個字都不會說喔。問妳『回去了沒』，『是』一聲不就結了？真是傲慢的傢伙。好，得懲罰才行。」

心情很好。似乎也帶著點醉意。

「咚」一聲被漂亮地絆倒。

而且，他還像金太郎（註一）打倒野熊一樣，「啪」地張開雙手手指，雙腳踩穩，擺好進攻的架勢，真是個有趣的男人。

他愉快的心情也逐漸感染到我。

「你說什麼！」我跳起來，撲上去。

「嘿哆咻。」我肩膀被他一推，又跌了下去。

我起身：「幹嘛啦！」腳被一絆，整個人又倒了下去。阿剛覺得很好玩。最後兩人都笑了出來，笑到甚至喘不過氣來。

阿剛從桌上拿了青蘋果過來，坐在藤椅上啃蘋果。

「我也想要，幫我拿來。」我說。

他說：「一人啃一半吧。」

我坐在阿剛膝上，輪流啃蘋果。兩人都是邊笑邊吃，阿剛潔白的牙齒與我珍珠色的牙齒最後還撞在一起。

阿剛將蘋果核往院子一扔，然後說：「中杉先生什麼都沒做嗎？」外套連同領帶都被他脫掉，襯衫胸口完全敞開裸露。山頂的深夜非常涼爽，所以阿剛並沒有喊著「好熱、好熱」地將我扔出去。他讓我坐在膝上。

「什麼是什麼？」

註一：日本根據真實歷史人物所衍生出的民間傳說故事主角，是個力大無窮、與山中野獸為友的胖小子，以身穿紅肚兜、手持斧頭的形象，深植人心。

「像這樣。」說著將我草莓圖案的睡衣上衣鈕釦，胡亂解開，用他的大手一把抓住我的乳房。

「啊哈哈哈，怎麼可能啊。」

「誰知道。他在這裡待了幾小時？雖說是中年人，現在這時代可不能鬆懈。這種手腳很快的中年人，管你是在淡路還是六甲，都不知道會做出什麼事來。眼睛也是一刻都不能離開。」

他對水野的事還是耿耿於懷，故意出言諷刺。但是，他並沒有生氣，只是因為心情好得不得了，說個玩笑話而已。

「中杉先生不一樣，那人的能力不僅無人能出其右，左邊也贏不了的。」

我甚至想說「在阿剛之上」。

「是嗎？」阿剛不當一回事地說。沒有任何憑據就瞧不起人是阿剛的毛病。我突然想到還沒結婚那時候，阿剛好像將學生時期的朋友貶得一文不值。據他所說，成績出眾超群的那夥人全是窮光蛋，而那些傢伙出席畢業典禮的老媽們也都憔悴滄桑、個頭瘦小，一副寒酸樣。

可說活在「日本民族最底層」，還說：「跟那群寒酸傢伙是要怎麼個競爭法啊，活像白痴。」

意思是說，那些寒酸傢伙為了想從寒酸階級翻身，發瘋似地拚命力爭上游，而阿剛這種「像樣」的人得去與他們競爭，活像白痴。

阿剛說「中年」時的語調，就帶著那時的輕蔑。不知道為何阿剛就是瞧不起人，否則就沒辦法稱心如意。

瞧不起人，就像阿剛人生的汽油。這輛名為「阿剛」的車，必須吃輕蔑才跑得動。

「阿剛你不明白，中杉先生那人很不得了喔。」

「啊呀呀，這是中年惜中年嗎？開始為中年人辯護囉。看來，得執行『咕嘰咕嘰』懲罰了。」

「不要啦，這種深山裡，又是大半夜的，別讓我發出慘叫聲啦。」

「不行，那個大叔到底有沒有壞事，得好好調查才行。這是重大問題。」

阿剛說得很嚴肅，其實是心情極好的證據。我為了不讓阿剛得逞，彎腰大笑，阿剛卻伸出雙手想從背後緊抱住我。

我「嘻嘻嘻」地笑著溜走。

不過，還是敵不過阿剛。馬上就被追上逮住，阿剛臂力驚人，一旦被他整個人撲過來抱住，全身就動彈不得，連呼吸都有困難。

「好了，接下來就是強姦遊戲囉。」

阿剛說著像變了個人似地突然加強力道。我雖然笑個不停，同時卻逐漸喪失那微妙的情緒平衡，難以忍受，最後終於露骨的大叫「痛……好痛！」

阿剛緊抓住我乳房時，那毫不客氣、不分輕重的強勁力道，讓我突然覺得不對勁。方才都還笑到喘不過氣來，但粗暴的舉動卻彷彿對我澆了盆冷水。我不太會形容。「感覺與平常不同」腦袋裡如天啟般閃過了念頭。

阿剛真的到剛才都在加班嗎？該不會是和其他女人在一起，溫存後的餘韻還在指尖與身體裡蕩漾，面對我時不小心流洩了出來吧。

這種感覺要寫要說都一言難盡，但就在那一瞬間，電光火石般閃現了這個想法。

不過事後回想起來，那些或許全都只是多心，事實上可能只是單純因為阿剛喝醉了，沒辦法適切掌握力道，讓我太痛，因此火大罷了。

「好痛、好痛。」我都這麼說了，抓住我乳房的力道仍然沒有放鬆。我逐漸喪失興致，終於說出了「真心話」：「住手啦！」

「不都喊痛了嗎！都跟女人混多少年了，這也不懂嗎。」

阿剛大夢初醒似地立刻鬆手，將我推開後，整理身上衣物。

「真是抱歉。」

他說完，轉頭就回臥室。

我當下沒有道歉的心情。

我提心吊膽地照著鏡子，兩側渾圓白皙的漂亮乳房上，清楚留下了阿剛造成的紅色指痕。

我本想進臥室，卻發現門鎖上了。

「唉……」想到又必須從頭開始哄他，就覺得疲憊萬分。

為什麼男女之間的感情會像這樣踏錯一步就是黑暗深淵呢，我躺在藤製沙發上想。

阿剛方才回來時，我也沒有不開心，而阿剛也比之前心情更好。我雖然覺得很多事對阿剛「說了大概也是白說」，還是想聊聊中杉，而阿剛應該也有那個打算。

兩人還一起吃青蘋果，那樣的好氣氛卻瞬間陷入僵局。

不對，或許只有我一個人覺得這是僵局。

臥室門開了，傳來阿剛沒好氣的聲音：「那樣不會感冒嗎？還不進來！」見我不敲門，自己等得不耐煩就開門了吧。

我鑽進其中一張古典風格的雕花鐵床。

在那當下（雖然「在那當下」還挺頻繁的），實在沒心情鑽進阿剛那張床。

若那樣做了，就能一口氣解決問題吧。

「哼。」阿剛說著，轉身背對我睡。兩人不久後，都各自真的睡著了。

醒來時，阿剛已不在家裡。車子還在，大概是去散步了。睡衣零亂地丟在緣廊上。

黃昏時闔起的紅色睡蓮再度綻放，池面籠罩在好天氣才會出現的靄霧中。我深深吸一大口山中群樹的味道，穿上紅色格紋襯衫與褐色皮革喇叭褲。在腰部繫上一條西部風寬皮帶後，繞過水池散步去。

我在路上，遇到正要回來的阿剛。

「你走到哪裡去了？」我問。

「高爾夫球場！」他聲音僵硬，好歹還是回答了。說完便頭也不回地走回去，手上提著四罐瓶身布滿水珠的冰牛奶，應該是路上買回來的吧。

我不得不停止散步，連忙趕回家。阿剛要是沒有我在身邊，肯定會獨自生悶氣吃早餐的。

果不其然，阿剛老早開了冰箱，將一堆食物全搬了出來。

「我來吧。」我一說，他便默默地走開，在緣廊將腳蹺到桌上，閱讀起買回來的報紙。

「你要打高爾夫嗎，阿剛？」我問。

「不要。」就這麼一句話。但是，似乎已經沒那麼生氣了。呼吸山裡清爽的空氣，果然就不會心情煩亂地生悶氣了。

我們的早餐，每次來這裡的習慣都在緣廊吃。他說：「叫中杉過來。」於是試著打電話到飯店去，據說他才剛離開飯店。

吃完飯後，阿剛又睡起午睡。

我讀著每次都帶在身邊的小說。

那是一本像早期的袖珍本，大小能放進口袋、小巧美麗的書。封面貼著觸感如絹絲般的布料，雖然小巧卻精緻的一本書。內容是將王朝時代（註一）的小說以現代白話文重寫，用字遣詞都十分有品味。身處於這種山中避暑地，在蟬聲環繞中閱讀，還是這種脫離現實的小說比較好，如「大納言」（註二）、「皇女」之類的……而且，特別是裡頭提到「這位大納言看待事物的觀點稍顯虛無……」的文句，真的很有意思。

我抬頭望向阿剛。阿剛躺在老舊的藤製沙發上呼呼大睡。

總覺得，平常那種感覺又更強烈了。

那種值得同情、不忍卒睹、讓人心疼，無法棄之不顧的感覺。

而且中杉昨晚所說的話，沒想到對我造成不小的影響。

「夫妻也需要發揮演技，讓彼此合得來吧」。

「『邊走邊瞧』，然後時間到了劃下句點，就是在說這個」。

讓我覺得，昨晚與阿剛鬧得不愉快全是我的錯。

我有個不可思議的毛病。只要阿剛一睡著，就覺得他是值得同情、不忍卒睹，必須加以撫慰的生物。然而清醒時真正的阿剛，明明是「可憎可惡」的男人。

當阿剛中午過後醒來時，我已經開了自己的車去購物，回來做好了美味燉菜，還買了麵包，洗澡水也燒好了。

比起我做的種種，阿剛最開心的似乎莫過於一張開眼睛，就看到我心情愉悅的臉龐。我坐在地板上閱讀那本袖珍版的王朝小說、貼著絹質布料的美麗書籍，看到阿剛伸著懶腰醒來，於是放下書，拍拍阿剛的臉頰。

他隨即非常開心地一把將我的頭像西瓜一般抱住。

（正因為阿剛喜歡像這樣蹂躪我的頭，我才不能留長髮。每次都會盡量剪短一點。）

我的頭被壓在阿剛的胸口上，聽得見他的心跳聲。那既健康又傲慢、瀰漫著熏死人銅臭味、惹人憐愛的心跳聲。

阿剛看我開心地瞇起雙眼，任憑他處置，似乎也心滿意足，簡直將我當作可摺疊的塑膠球一會兒緊抱、一會兒鬆手。

他後來假裝勒住我的脖子：「說說看△△，說了就鬆手。」我們兩人都笑了。那個

註一：意指日本歷史上天皇攝政時代，泛指奈良與平安時代，狹義而言為「平安時代」的代名詞。

註二：日本律令制時代官職名。

時候，我是這麼想的。我的私人生活已全被阿剛吸收，連我本身也不復存在，如今只能以阿剛私人生活的一部分的，讓剩餘的一點點自我苟延殘喘。

15

初秋舉辦了一族會，不知道是幸或不幸，我正因感冒而臥病在床。阿剛雖然抓狂爆怒，將我罵得狗血淋頭，但發燒就是無法旅行。

「對不起。」我無精打采地說。虛弱的病體讓我吃盡苦頭，所以也沒心思因為不用去參加一族會而暗自竊喜。

「明明下過雨會變冷，幹嘛穿著薄紗的睡衣就睡啊！」阿剛直到臨行前，都還憤憤難平。

因為，讓我穿Baby Doll的性感睡衣，是阿剛的興趣嘛。

他的興趣就是對我的服裝甚至睡衣指三道四，提出各種要求：「穿那個、穿這個」。既然是興趣就沒有什麼威嚴，但我也唯唯諾諾地照做，或許也是因為那是我的興趣。

「妳這個笨蛋。我回來以前要是不快點給我好起來，就要懲罰。」

阿剛提著行李箱出去，後來大門又「喀恰喀恰」作響被打開了。

「東西忘了帶？」我問。

「東西忘了帶。」阿剛說著將外套掛在椅子上，卸下領帶扔到化妝台前，緩緩解開襯衫鈕釦。我從床上望著他，以為他想換襯衫，沒想到卻爬上我的床。

「不會吧。」我這麼一說，阿剛竟說：「我們不是夫妻嗎？」阿剛也真是的。

「我可是病人喔。」光擠出這句話，就讓我筋疲力盡。

「又不是要妳跳阿哥哥……發燒的乃里大人，眼睛像近視一樣，整個人看起來傻呼呼、懶洋洋的，好有女人味，真的好可愛到讓人受不了。」

「感冒會傳染啦。」

「感冒會被我嚇跑。」

我還是溫柔地服侍。

儘管身體倦怠無力，實在沒「那種興致」，仍竭盡所能地按照日常程序，做好本身工作。阿剛感覺很高興。

「都爽到骨子裡去了。平常像這樣有點感冒，說不定比較好。」

阿剛迅速地穿上衣服動作之快，我出神地以視線追隨他的動作（其實也不是看到出神，只是高燒昏沉，呈現恍神狀態）。

阿剛見狀，說：「別用那種淫蕩的眼神看我！」隨即匆忙離去。

我總是這麼想，比起阿剛待我溫柔，我待阿剛溫柔不是更為罪孽深重嗎？因為，我是那麼地嬌寵著他、盡力讓他安心，阿剛卻對這一切渾然不知。

我整個人昏昏沉沉，就連阿剛什麼時候出門的也不知道，後來做了夢。在夢裡，好像到了御影家，紅褐色與薑黃色鑲嵌彩色玻璃反射出五彩繽紛的斑斕光點，在閃耀的色彩中，有人在背地裡說我壞話，「那是為了贏取分數的溫柔」。

但是，那是我發熱腦袋裡頭思考的事。並不是任何人在背地裡說的壞話。

我對阿剛的溫柔，是不負責任的溫柔。

夜裡，阿剛打電話過來。他人正在東京家中與父親喝酒。

後來，御影家那邊的幫傭蒔田姨大概受到阿剛囑咐，打電話來問：「如果狀況不好，我去照顧您吧。」

「今晚睡上一覺，就沒事。」我姑且回答道。

到了隔天，感覺真的好多了。也許是阿剛不在，不必隨時神經緊繃，另外附近醫院開的藥帶點安眠成分，似乎也發揮了藥效。沉沉睡了一覺，醒來後覺得很舒服。我換了睡覺汗濕的床單與睡衣，洗了臉，梳過頭髮後，時間已經接近中午。

電話響起，本以為是阿剛，沒想到是中杉。

「我致電到御影府上，才問到這裡的電話……聽說妳身體狀況不好。這可不行呀，現在怎麼樣了？」

我實在太開心，臉上忍不住浮現傻笑，甚至告誡自己要「控制一點」。結果語氣反而變得冷淡。

「已經沒事了。」

「方便接電話嗎？我以為中谷先生也在。」

「先生去旅行了。本來應該一起去的，卻去不了。」

「哈哈，那也不能跟我出來了吧。本來最近想約妳出來吃飯的。」

「一定喔。」

「祝妳早日康復。」

「謝謝。」

「感冒嗎？」

「一定是太過疲勞。為了照顧先生累壞了。今年夏天開始我不是得了精神衰弱嗎？那時候也是見到中杉先生才好的。」

「對、對，那時候感覺很煩躁呢。」中杉溫柔地說。「有沒有幫上一點忙呢？」

「不知道為什麼，只要聽到中杉先生的聲音或看到人，就能平靜下來。」

「是嗎。」

「謝謝你打電話過來。」

「不會。那早點休息吧，不好意思吵醒妳了。」

「好……中杉先生。」

「怎麼了？」

「我喜歡中杉先生。」

「那可真是受寵若驚呢。」中杉先生四兩撥千金地說。「好了，感冒要快點好喔。」

說完著便掛上電話，我笑了出來。意思是說「感冒好了，再慢慢聽這方面的事」呢？還是「感冒說這些內心話要幹嘛」呢？（另一方面，也有如阿剛那種人，管你感冒還是生病，就是會毫不在意地一逞貪欲）。

說完電話，才發現已經很久沒像剛剛那樣笑了。

不知道是不是因為這樣，我後來睡得很熟。

自己真的累了吧。

或許是酷暑積累的疲勞，到了初秋才一口氣爆發。

阿剛回來那天，我已經完全痊癒，睽違已久再次外出購物。買完了蔬菜與肉，經過販售洋菸的店門口時，想起阿剛的菸抽完了，所以先買了一條Lark還有一條特長型的Rothmans。與扇貝肥皂一樣，要記香菸名稱也很麻煩，所以在家都說紅菸或白菸。

黃昏日落時，阿剛正好從公司回到家。聽說他中午過後就從東京回來，直接到公司上班。

阿剛的話題較少著墨一族會，反而一直在聊他的父親。我也好久沒關心公公的近況了。從阿剛的談話裡，想像他還是那麼神采奕奕、爽朗和藹，說起話來中氣十足，生龍活虎。再過二十年，肯定還在工作崗位上努力。現在，耳邊彷彿就能聽到公公宏亮的聲音。

「明年得搬到東京去了。」阿剛似乎一心一意只想著這件事。

「大概會到總公司去吧，我本來想在這裡再待個兩、三年，但是老爸也在催了。」

阿剛的話中，一分鐘大概會出現五次「老爸這樣、老爸這樣」。不論是大姊或大伯，到了老爸面前立刻乖得不得了，是名副其實的「教父」。

「老爸說，反正東京的家也是我們的，就早點離開這裡到東京去吧。」

「老爸是要我們快生孩子。是這個意思吧。」

阿剛忘了自己說過「笨蛋與窮人才會想要孩子」，又繼續說：「到了東京，也得要考慮這方面的事情了。聽老爸一說，我也這麼覺得。老爸是想，考慮到妳的身體狀況，想生就得趁早。這下子可有得忙了。」

他對公公言聽計從。我不自覺聯想到猴王帶頭，全族家臣整齊畫一跟在後面，不停繞圈子的情景，上一次在遊樂園看到的猴園，當猴王轉向往前跑，猴子猴孫也會像洗衣機的漩渦轉向，一起掉頭繼續跑。阿剛一族真的是如此，只要老爸一聲令下就會集體轉向繼續跑。

「老爸說，東京家那邊出入的人很多，卻沒有一個能好好打理家務的女人在，所以考慮把大姊也叫過去。那樣妳也比較省事，不是嗎？」

這麼一來，大姊又會以女主人之姿駕到，而我也會成為抱著小猴子，不，是抱著寶寶，在猴王一聲令下，跟著繞圈子的其中一員。

「老爸說我是家裡最得人疼的，其他長輩親戚說，老爸似乎也很中意妳呢。」阿剛顯得時十分開心。

「這次真可惜，要是能一起去，他大概會很高興吧。仔細想想，確實比起老哥那一家或妹妹那一家，老爸好像比較喜歡我們兩個吔。他還說，下次回御影要在這裡住上一晚……看來，還是得有孩子比較好。」

我沉默不語。

阿剛興奮地說：「有孩子的話，老爸對我們的印象也會加分。住在東京的妹妹一家感覺靠小孩，從老爸那邊贏到不少分數……老爸他每次提到妹妹那家的孩子，就會驕傲地說什麼『有出息』。看了真教人心急。」

「我現在就要生嗎？」

「總不能要別人生吧。」

情勢愈來愈詭譎了。為了贏取中谷鐵工社長的分數，還有在遺產繼承競爭中盡可能爭取優勢，就得有小孩。

撇開這個不談，我突然明白夫妻為什麼這麼討厭了。

我從以前就討厭什麼丈夫、妻子或夫妻之類的詞彙，總愛改說「男女」或「相聲搭檔」之類的，但始終不太清楚為什麼討厭。

之前只是隱約的模糊感覺，而如今終於清楚明瞭了。

阿剛的話讓我領悟，所謂「夫妻」意味著憎惡與粗鄙的程度隨之升級。

美麗或高潔的程度卻不會隨之升級。

夫妻兩人共同暗自竊喜，兩人互相講別人的壞話，兩人一起籌畫陰謀，那其中……總存在著……一種狼狽為奸的感覺。

例如「可悲」，夫妻倆就會加倍可悲。即便是「落魄」，一個人倒也沒什麼大不了，要是夫妻倆彼此取暖、流落外地，感覺上就會更淒涼可悲。

我與阿剛便是如此，背地討論著什麼夫婦倆比大伯他們更受疼愛，我們家的孩子比小姑夫妻的孩子更有出息，說什麼爺爺更以這個孩子為榮喔……這種事未免也太醜陋，我實在做不到。

眼淚就要奪眶而出。

我連「夫妻」兩字的發音都感到厭惡。

連好不容易才痊癒的感冒，似乎又捲土重來了。

只是，這要是說給阿剛聽，他能了解嗎？

「我，不想去東京。」我輕聲低喃。

「什麼？」阿剛的聲音好恐怖。「為什麼老愛唱反調？」

「我不是愛唱反調。只是，孩子又不知道生不生得出來，與阿剛兩個人在這裡的生活又這麼開心。」

「但是，東京的家比這裡大多了。」

「我還是覺得這裡好。」

「喂，我不是飛毛腿，沒辦法往返東京和這裡喔。又不能讓妳一個人留在這裡，妳到底為什麼不想去東京啊？」

因為去了東京，就會淪為夫妻了。在這裡能這麼開心，肯定是因為我與阿剛不是夫妻，而是兩個相愛的人吧。我之所以能與阿剛兩人共同生活，或許是住在這裡，能單純培養……培養愛情或戀情。

「我討厭所謂的『夫妻』。」

「笨蛋，妳在說什麼啊？我們已經是夫妻啦。」

「到了東京，就不能像在這裡一樣卿卿我我了吧。」

「哈哈，我知道了。妳不喜歡跟老爸、老姐一起住吧。」

如果是中杉，我說「不想變成猴島上的猴子」，他馬上就能理解，但阿剛是不會明白的。

「妳一直以來都不太跟我的家人來往，不是嗎？我之前什麼都沒說，但是妳到底有沒有心跟我的家人來往啊？」

「阿剛跟平常不一樣。平常你是不會說這種話的。」

「那是因為我太寵妳了。但是總得把話說清楚。嫁到我們家來，本來就應該多付出一點，這不是理所當然的嗎？」

付出什麼？

「付出什麼？也就是說，既然嫁到這種家族，就應該為我多努力一點，不是嗎？」

「這種家族」，意思是有錢的家族？

「簡單來說，沒錯。你一下子變成了這種等級的有錢人，所以必須為此努力付出才行啊，妳太怠惰了。」

下雨了。

我喜歡初秋的雨。特別是在家中聽著雨聲，能感受到類似「擁有屋頂」的幸福，讓人開心。但是現在聽來，卻猶如打在身上的冰雹。

「我很寵乃里大人，大家都這麼說，我也承認。畢竟一直以來都是隨妳高興。」

現在是在說教？

「當然，有什麼不滿嗎？」

沒有。

「結婚以後每個月的開銷有多少，下次讓妳看看也無妨。簡單來說，妳可是買了不少。一家百貨公司一年就要付掉五百萬圓。我抱怨過一句嗎？」

沒抱怨過。

「沒抱怨過吧。那是因為我太愛乃里大人了。但是，都已經過了三、四年，也該檢討檢討了。以後必須要慢慢表現得像中谷家族的一員，到處露面，努力付出。妳啊，都去以前那些不三不四的嘻皮鬼混的場所，像話嗎？」

我不僅困惑著該如何回答，甚至不知道該流露出什麼樣的表情。

「我真沒想到阿剛會這麼想。早知道，應該偷看阿剛的日記。」自以為幽默。

但是，卻惹惱了阿剛。

「還在扯這件事。每次就只會扯日記。」

「我不是說這個來酸你的。」

「喂，拿酒來。今晚就徹底解決吧。」

完全不明白事情為何演變成這樣。但是不拿酒來，又會囉哩囉唆，所以我連同酒杯與冰塊都一起拿來。

我愈來愈想扔下一句「我去剪個頭髮」，一走了之。

話說回來，一間百貨公司「竟然就花了五百萬……」

「是吧。前年更誇張呢。」

「哈哈。」

「因為還不只一間。」

「但那些花費也包含這間公寓的裝潢費吧。」

「那全都是為乃里大人花的錢，所以都得記在妳的帳上。」

我愈來愈不甘心。

就像明明說好要請客，我才開動，結果事後又送上帳單給我。早知如此，每次和阿剛上床也收錢不就好了。開玩笑的。

突然想到，我其實也沒資格生氣。就像我常常不小心吐露「真心話」，這也是阿剛的「真心話」。

而不論場面話或真心話，事實上都只是互為表裡罷了。

「是哪個英雄拯救獨居的消沉剩女脫離苦海的啊？」

阿剛說出這句令人驚愕的話，像抹布般扔了過來。聽來是玩笑話，但那語氣卻讓人覺得是他的真心話。

我的弱點在於，面對這種情況，自己會愈來愈沒自信，被對方的話牽著鼻子走。忘記了一直以來有多努力地察言觀色，讓他心情好轉。如今覺得，阿剛的一字一句都言之成理。

「乃里大人就是有點粗線條，不說給妳聽不知道，但妳這三年已經過習慣了奢華生活了。以後，再也回不去過對金錢錙銖必較的生活囉。」

「真的。」

我打從心底認同、感佩。我一直以來多少都有點輕視阿剛，心裡某部分也覺得「對他不論說什麼大概也是白說」，但是阿剛雖然年輕，畢竟是個男人，又是從早到晚在對於損益斤斤計較的地方打滾的商務人士、實業家，被他這麼一說，還真有說服力。

「那我該怎麼做呢？」

我變得徹底的戒慎恐懼，像泰雄某一次一樣，發出無助的聲音。

「那就到東京去，跟老爸他們一起住。然後生孩子，參加一族會跟親戚長輩打好關係。別再跟不要臉的畫家、隔壁別墅的大叔亂來……」

「我沒有！」

「誰知道啊。」

又一副玩笑話的樣子，卻是出人意表的真心話。阿剛到如今都還懷有疑慮。

「大阪的公寓也賣掉，妳的車也順便賣掉。一有車，動不動就會開出去。害我隨時都得盯著。」

「……」

「『是』呢？」

「是！」我已自暴自棄地大吼。「很好，明白就好。過來！」頭髮隨即被阿剛抓住硬拖過去。他非常開心、朝氣蓬勃地笑了，緊接著「咚」一聲又將我摔倒。阿剛的踢球遊戲，原來在這種心情下才玩得起來啊。

但是，覺得很好玩地將球滾來滾去，球會滾飛到哪裡去，可沒人會知道喔，沒人會知道喔。

「我以前有點把妳寵過頭了。」

阿剛始終重複著這句話。

我不知道阿剛工作方面的能力到什麼程度，至少處理我的事情是既迅速又敏捷。阿剛已安排處理我名下那間大阪公寓的出售事宜。

此時，正好公寓樓下附近又要蓋起新大樓，我也早已對那間房子失去熱情，所以當阿剛再次向我確認：「要賣掉囉，沒問題吧？」

我以半放棄的心情說：「好啊。」

看我翻找文件，阿剛就說：「妳在忙東忙西地找什麼？都在我這裡了。」

阿剛已經將我的印章與相關證明文件全拿走了。

「乃里常忘記保險箱密碼。這樣很危險，乾脆讓我保管好嗎？我已經都放到公司保險箱了。」

我一句話都沒說。

但是，阿剛實在非常乾淨俐落地幫我賣了好價錢，錢也隨即轉為銀行存簿數字，連同印章一起交還到我手上。要是我自己來，根本沒辦法處理得這麼漂亮。

「去買股票吧，要不要我幫妳？」阿剛說。

阿剛精通理財，不會錯過任何有利進場的時機，但是我手上要是沒現金，會覺得不安。我沒職業也沒自己的窩，這種不安感，除非是曾工作過、獨立生活的女人，否則無法理解。

「不買股票嗎？不然存個定存吧。要不要我幫妳存？」阿剛對我說。

我回答：「不用了。」這筆錢我想放在阿剛管不到的地方。我拿回印章與存簿，找了地方仔細收好。

「反正那是妳的，就隨妳吧。」阿剛笑說。大阪的公寓沒了，我再也沒有其他地方可去，他為此心情大好，於是說「賣車的事就讓妳再緩緩吧」。他會說「讓妳緩緩」，也是因為名義上的車主是阿剛，那是阿剛買給我的。

從大阪公寓搬出的物品，全都放在出租倉庫，只剩一些作畫用具和雜物，數量不多。其他家當或隨身物品不是賣掉、給資源回收的收走，就是給了媽媽。於是，我花了三十年打造出的女人城堡，就這麼化為烏有。阿剛這一陣子始終心情愉快。而我的心境卻是「以後怎樣都隨便。要殺要剮悉聽尊便」。

在這樣的多事之秋，不知不覺到了年底，新年是在東京家過的。但是，那時候心頭卻浮現「既然毒已下肚，索性連毒盤都一併舔淨」（註一）這種奇怪的想法，這代表連我自己也變得怪怪的。不過，公公去了溫暖的伊豆旅館與妹妹夫妻一起過年，阿剛和我後來才去拜年，大家還一起吃了山豬火鍋。

據說春季的人事調動宣布後，阿剛就會調到東京。他考慮過去之前，要將部分宅邸改建成西式建築。而抱著「要殺要剮悉聽尊便」心情的我，則平靜淡然地對此提出「那個要那樣、這個要這樣」的要求。

16

一過長野，車窗外的積雪驟然加深。我將額頭貼在列車車窗上，望著外面的雪景。我感受到背後的視線，一回頭，發現阿剛手裡拿著翻開的週刊，雙眼緊盯著我。車內暖氣很暖和，阿剛已脫下外套，只穿著白色毛衣。

「覺得有意思嗎？」他問。

這句話他從早上開始，到底問幾次了？

「我看來感覺很無聊嗎？」

我這麼一說，他回答：「不會。」然後讀起週刊。

不知道為何，阿剛這一陣子三天兩頭就這麼問我。我在新年期間回到神戶，御影家那邊一月所舉辦的宴會，我都乖乖參加，擔任女主人的助手。開春首度茶會同樣忙得不可開交，也出席阿剛公司的創立紀念酒會，竭盡所能地努力接待賓客，將自己視為這個家族的金字招牌、主打商品。一旦有了這樣的體認，玩笑話、客套話都說得出來，儼然一副女主人的樣子。阿剛覺得我乖乖將他的話聽進去，改變了生活態度，似乎心滿意足。阿剛還沒發現，我這種女人愈不是出自真心去做的事，就愈顯得躍躍欲試。

後來，阿剛對我說，過年實在太忙了，二月帶妳去旅行慰勞一下。

真難得。

阿剛每年二月都會去滑雪旅行，但是往年都與朋友一起去，不會帶上我。像去年，阿剛與青年會議所那夥人也是以「商務考察」的名義到歐洲，真正的目的卻是去聖莫

註一：日文諺語，中文近似「一不做、二不休」。

里茲滑雪，後來還被各自老爸隸屬的工商會議所罵說：「年紀輕輕的，會不會玩過頭啦！」

阿剛放下週刊，將行李從置物架拿下來。

「滑雪用具應該一起帶來的。」

「……」

「那裡應該可以租借，乃里大人也試試看吧。」

「嗯。」

「我可以從旁輔導喔。」

「嗯。」

「妳第一次去野尻湖吧。會結厚厚一層冰，還能在上面走呢。」

「是喔。」

「可以在冰上鑿洞釣公魚。想不想試試？」

「嗯。」

會不會很冷啊，很冷的話很討厭吔，怕冷的我這麼想。換句話說，我現在除了這種事，其他什麼都懶得理。

在黑姬站下車後，車站前有如大都市的雜踏喧囂，天氣晴朗溫暖，道路因雪水與泥巴而泥濘不堪。不論車站或廣場，都擠滿了滑雪客與車輛。我們搭上了計程車。

我穿著黑色特長外套與靴子，披著一件貂毛披肩，不過天氣暖和到不需要披肩。家家戶戶的屋頂都被覆蓋在積雪下，當地民家都從二樓窗戶進出，儘管午後的陽光晴朗，積雪卻毫無消融跡象。房舍之間閃耀著純白光芒，望過去雪山近在咫尺。如同玻璃門簾般布滿家家戶戶屋簷的冰柱，也閃耀著光芒。

我偶爾取下太陽眼鏡，欣賞這雪國的景致。

阿剛回頭看我，彷彿想要測量我覺得多有意思的「感興趣程度」。

「第一次看到這樣的景色，能來這裡真好。」我熱情地說，並衝著他一笑。阿剛看來這才放心，但是出乎意料地，阿剛擁有如動物般敏銳觀察力，他明白我整個人其實是焦慮難安的。

所以，才會不斷追問「覺得有意思嗎」。

老實說，這一陣子我覺得什麼都沒意思，感到很困擾。我變得實在太乖，老是窩在家裡，阿剛大概是他下藥，藥效太強，開始反過來討好我。

「車子不會賣，妳可以開啊。」阿剛雖然這麼說，但我現在連想去的地方都沒有了。

以前明明是那麼愛往外跑，甚至逼得阿剛得將車鑰匙偷走才放心。

現在，即使腳底被「咕嘰咕嘰」，也無法再發出「啊啊」的慘叫聲。

頂多只會說：「唉喲，別這樣啦。」阿剛感覺上也沒勁，後來就不玩了。

我乖乖地煮飯、打掃，也會去御影家的宴會。

只要參加宴會，也會和賓客或其他人談笑風生。

我都乖乖盡了本分，阿剛也沒理由抱怨。但是，就是感覺不一樣，與以前不一樣，

他似乎這麼覺得。就是有什麼不一樣了。我自己也這麼覺得。

終於，我們某個晚上喝酒時，阿剛開玩笑地說：「之前那幅畫掛起來也沒關係。」

批准了這件事。

「不用了，沒關係。」

我真的已經沒有欲望了。「又不會特別想看，沒關係。」

「那幅畫後來怎麼了？妳說沒關係，我不會撕壞的。」

「中杉先生幫我保管了。」

「咦？什麼時候的事？所以，妳跟中杉先生該不會有什麼不可告人的吧。」

聽他這麼說，我連「大叫」之類的聲音都發不出來，好不容易只擠出一個微笑：

「哼哼。」我提不起勁隱瞞，也沒心情配合阿剛開玩笑。阿剛似乎不知所措。

「妳這一陣子在鬧彆扭吧。因為大阪的公寓賣掉了，在生悶氣，對吧？」

他每次一喝醉，就變得多話易怒，但是我真的沒有在鬧彆扭或生悶氣。

「反正放在那裡不住……賣了反而好，我說真的。」我溫順地說。

阿剛再次確認：「真的？真的沒生氣？」

「沒生氣啦。」

「是嗎。」

……

我在奔馳於雪路上的計程車裡，回想兩人之前的對話，不發一語。而阿剛同樣保持沉默。

如果在過去，阿剛與我踏上第一次造訪的土地，兩人都會很開心、雀躍不已，還會用阿剛攤在膝蓋上的外套，在外套底下打得火熱。而且，阿剛甚至會算準車子大轉彎的時機，迅速親我一下或咬我耳朵。

以前，和阿剛在一起的時候，沉默也常降臨兩人之間。但那都是充實的沉默，就像是舌頭需要暫時休息；而如今，我卻覺得自己必須背負沉默的責任。

湖景逐漸映入眼簾。

那是一片白茫茫的景致，白色平原被環抱在白色群山之間。

湖水整個都凍結了！

眼前這幅意想不到的景色，讓我深受感動。但是就連那樣的感動，都彷彿與我的人生無關，是種漠然疏離的感動。過去的話，連湖水凍結這種事都能成為與阿剛卿卿我我的題材。

車子停在一棟屋頂積著厚雪的飯店前。被剷開的雪堆在兩側，如同雪隧般的道路一路延伸至飯店玄關。那裡停著兩、三輛綁著雪鍊的車子，周遭沒有半點聲響。野尻湖飯店是白色牆壁搭配黑色柱子的歐風建築，茅草屋頂也很棒。這裡大部分的積雪都有兩層樓高，屋簷上是整排又粗又尖的冰柱。

這是我頭一次看到這麼深的積雪，感覺很稀奇，一下車就將臉貼到雪堆上，做出一張臉來，覺得很開心。由於白雪乾爽清潔，只要一取下太陽眼鏡，就會耀眼到睜不開眼睛。

雪帶著些許藍色調，在陰暗處的雪呈現出藍色陰影。

從房內望出去，湖景一覽無遺。像芝麻一點一點散布於湖心上的是水鴨吧。

一開窗，眼前就掛著如刀刃般的冰柱。在溫暖陽光照射下，水滴持續從冰柱滴落，「滴答、滴答」聲不絕於耳。

「呼，好安靜。簡直就像死湖。」阿剛坐到窗框上說。「時間還早，先去滑個雪吧。」

「慢走。」

「啊，妳不去嗎？」

「我又不會滑。」

「我教妳，走吧。」

我乖乖起身，結果阿剛又突然說：「不了，唔，今天先算了。」然後，坐到洋室那邊的椅子上。

透過大面玻璃窗，湖面還有四周環繞的群山盡收眼底，那全是白茫茫的一片，不過群山表面色調各不相同。樹木茂密之處所形成的墨色陰影，看來就比較深，而山頂或冷杉林梢之間，則是一片廣闊的藏青色天空。

這裡是沒客人嗎？還是全員出動正忙著滑雪呢？整間飯店鴉雀無聲。

「覺得有意思嗎？」阿剛又問。

「很吵吔！同樣的問題要問幾次！」我稍微動了怒，阿剛立刻開心地跳起來。

「喂，就是要像這樣對我生氣，拜託了，好嘛。」

我跳到阿剛膝蓋上，一屁股坐下去，阿剛更是喜不自勝。

「聽到乃里大人說什麼『是』、『嗯』，我都要瘋了。拜託妳，要叛逆一點嘛。我已經受夠了乖乖牌的乃里大人，嚇死人了。」

「要是反抗，不會被揍嗎？」

「那都是邊揍邊覺得高興啊。」

「很久很久以前，有一次是不是被阿剛揍得鼻青臉腫的啊？」

「為了補償妳，妳現在揍我沒關係。」

我們始終眺望著外面的雪景以及結冰的湖面。定神仔細望向遠方，還能看到湖上移動的黑色人影。

湖的正中央還有個小島，停靠在小島岸邊的船隻被圍困深陷在冰中，簡直像冷凍庫中結冰的杯子。

「我想去湖上有人的那裡。」我這麼一說，阿剛隨即打電話問飯店人員，據說必須沿著湖畔開一段路，抵達一個容易下到湖邊的地點，再從那裡過去。

「那我叫車囉。」

「明天再去也行啊。不都已經黃昏了嗎。」

「我今天就想去。」

「明天再去。」

「今天。」

「明天啦！」

「就算反抗，你也不會聽我的啊。」聽我這麼一說，阿剛隨即高聲大笑。

唉，真的是。

我嚇了一大跳。

湖上的鳥也被嚇了一跳嗎？只見牠們成群飛起後，又急速轉向，往山那邊飛去。

阿剛高聲大笑，最近有一陣子沒聽見了。總覺得，我們正一點一滴、很細微地在改變著，但那實在是過於緩慢的變化，沒有任何人察覺吧。兩人在一起即便不笑，也不能說是在吵架，男女之間的情緒實在難解。

傍晚，我們到餐廳用餐。

窗戶的玻璃被餐廳燈光照亮，另一頭深處的黑暗，則沐浴在滑雪場明亮的夜間照明之中。

炸公魚端上桌。那是一種嬌小透明又漂亮的魚，味道清淡微甜、輕盈又美味。不論多少都吃得下。

後方座位約有三組客人，全是住宿客，感覺像是跟團來玩的客人，正在享用鍋中燉煮的熱騰騰美食。聽著男男女女的交談聲，我與阿剛默默地用著餐。

過去明明都會聊天聊到連喘息的空閒都沒有，兩人是那麼開心。

阿剛從九州回來的那個晚上，雖然最後還是以吵架收場，但是吵架前也是聊個不停，感覺好開心。桌面上堆滿了阿剛從九州帶回來的食物，還有我準備的東西，兩人玩著「拍拍拍」這種毫無意義的遊戲，暢飲日本酒。

「我給妳一百萬，說一下『那個』啦。」雖然開口閉口都是那句話，兩人還是能天南地北地聊下去。

回房後，阿剛喝起洋酒。他將屋簷上的冰柱折斷，放進了酒杯，表面隨即浮起了杉樹葉。

阿剛或許是因為喝醉了，一副心滿意足的樣子。

「以前常常吵架，真讓人受不了。真的不能吵架啦，心裡會留下疙瘩。」

是嗎？

就算吵架、就算事後要恢復心情很難、就算會骨折，我還是比較喜歡雙方都能暢所欲言的時候。或許，阿剛的真心話也是如此。只是一旦承認，就等於承認我們目前的關係存在「總之就是有什麼不對勁」的窘境。

阿剛就是不想承認這個事實，才會拚命強調「真的不能吵架」吧。

阿剛心情很好，說：「是彼此理解加深了。這就是所謂的『夫妻羈絆』吧。」

明知道我討厭，卻故意用這個詞彙嗎？我陷入沉默。

我喝著以冰柱作為冰塊的威士忌，搖晃酒杯發出「匡啷匡啷」聲響，凝視著窗外。

月亮升起，白色湖面上投射出皎潔月光，從群樹拉出藍色的長影子。

滿天星斗閃耀，獵戶座清晰可見。

周遭只聽得見從遠處某個房間傳來的交談聲，冰封的湖與飯店，彷彿無聲地凍結，最後逐漸碎裂。

醉意緩緩蔓延全身。

但無法有那種幸福的醉意。

這樣繼續與阿剛過下去也行，懷抱著「要殺要剮悉聽尊便」的心情，與阿剛一族和睦相處、一起生活下去的才能，我也有。但是，總有一天會說出「去剪個頭髮」，然後一去不回吧。

總有一天，只要想到「要永遠『邊走邊瞧』地繼續過下去」，就覺得難以忍受吧。

「我最討厭什麼『夫妻』了。」

阿剛沉默地喝著酒。

討厭和服的他，沒穿飯店提供的日式棉袍，反而穿著一件花樣醒目的毛衣。

「我也討厭被大猴子頭目命令，繞圈圈跑個不停。」

「在說什麼啊？誰是頭目？妳想說什麼就說吧。我問妳，妳是不是另外有喜歡的男人？我前一陣子也問過了吧，問妳在生什麼悶氣。」

阿剛出奇平靜地說。

「我在問妳，是不是在生什麼生氣。」

「我這一陣子，好像把要說的話都忘了。就像是空氣『咻』地慢慢洩光，這種情緒很奇怪。好像一下子全變了。」

這次換阿剛陷入沉默。

「那個……怎麼會變這樣呀？為什麼啊？就很突然。對阿剛也是，很不可思議地……」藉著酒意說這個很卑鄙，但是我明白，這種時候不說根本就說不出口。

「我沒辦法再像從前一樣了。」

說著，一定是因為醉了，淚水隨之湧現。

「我喜歡阿剛。跟阿剛一起生活也很快樂。所有一切都喜歡得不得了。這三年真的很快樂。」

阿剛簡直就像在湖中央那座小島的岸邊被冰封住的船隻，整個人動也不動。

「我不知道事情為什麼會變這樣。但是，再也沒辦法像以前一樣了。」我稍微調整了呼吸。

「你有一次提到錢的事吧……還有要去東京……我得……那個……更努力地，好好跟阿剛的家人相處什麼的，生孩子什麼的……」

「所以，妳是不滿意那些囉？」阿剛沙啞地說。「喂，我大老遠跑到這裡來，可不是為了聽這些。我們是來玩的吔。」

「對不起。」我輕輕將威士忌酒杯放到桌上。

「要是那些事情讓妳不滿意，我也沒辦法。我可不記得自己說過的話，有什麼不合理的。」

「沒錯，你說的沒錯。阿剛一點都沒錯。」我急忙說下去：「只是不知道為什麼，是我自己，就像色調『唰』地一下子全變了，我也沒辦法啊。」

「沒辦法。」阿剛簡短地這麼說。

這是阿剛很有男子氣概的一面。

「那個我們再來好好深談吧。我只是覺得遺憾，本以為來旅行就能好轉，結果卻適得其反。妳的情緒我早就感覺到了。」

他爬進被窩，關了燈。阿剛當然沒把我的頭像西瓜一樣抱住，蹂躪得亂七八糟的。

我睡不著，整夜都沒睡。

半夜裡，燦爛如畫的月光瀰漫四周。

直到天明，我悄悄起身，拉開和室拉門。阿剛似乎睡得很熟，對面白雪靄靄的群山之上，是一片開闊的淡紅色天空，窗下鬆軟的積雪上，殘留著可愛小動物的零星足跡。

阿剛七點起床，本來預定再住一晚，他卻說：「回家吧。」

於是我們回到了東神戶。

回程時兩人都不太說話，黃昏時到家。

回到公寓後，阿剛心情似乎好多了。

「在百貨公司花五百萬也沒關係。」

「不去東京也無所謂。」

像開玩笑似地的突然說出口。

「孩子也不用生。」

「也不會再看妳的日記。」

他戲謔地說，為我還有自己斟酒。

「陪我留在這裡吧。以後，乃里想要怎樣就怎樣。」

「嗯，我也好想那樣。真的好想。」

我嘆了口氣。但是，大概新生兒頭部大小的海綿也好，淡紫色的扇貝肥皂也罷，都再也不能讓我快樂起來了；以後再也不會為阿剛，煮一杯熱到燙舌的咖啡或煮一頓有義大利麵加冰牛奶的早餐了吧。

那些事情、「那種奢華」的快樂，一旦男人說「這就是所謂的『奢華』喔」，並端到妳眼前時，便頓時徹底褪色。至少，我是如此。

「不管是貂毛披肩、鑽石……還有衣服，我全都不要，我會還你。但是，我想保留婆婆給我的遺物，可以嗎？」

「什麼東西？給我看看。」

我從置物盒裡拿出握把是象牙雕刻的手拿鏡、櫻貝盒子、鑲著土耳其石的金色戒指。

阿剛拿起來，冷靜面無表情的，一個接著一個重擊桃花心木的邊桌，將東西全都敲爛。

17

森林植物園中，沒有半個人影。

因為在這寒冷的季節，一般人並不會攜家帶眷到園裡玩。

踩著散布堆疊的落葉，鞋子幾乎都要陷進去了。抬頭一看，光線從紛陳葉片的縫隙灑落，枝幹交纏、煙霧迷濛。我走向公園的入口處，中杉的車已經停在那裡了。

「很冷吧。」中杉說完連忙幫我開車門。我吐出白色氣息。

「我來早了，所以順便散散步。散步過後，身體也暖了起來。」

「車呢？」

「最近不開車了。」

我還沒對中杉說阿剛的事。

阿剛還沒同意與我離婚，所以我們暫時先分居了。

幸好，之前大阪公寓賣掉的錢是由自己保管。後來才能買下一間小小的新房子。

我趁阿剛去上班時，拖著兩個行李箱走了。他人在的時候，怎麼樣就是走不了。

阿剛會質問我，會叫我「別走」。當我詞窮，不知道該如何回答時，一定會說出「一直以來對你夠溫柔了吧」之類的話來的。我對你的「溫柔」彈珠已經出完了，所以得劃下句點了。接下來，找別的機台去玩吧。我可能會扔出帶有這些意涵的話語來。而那也等同是犯罪了。

中杉問我，是不是要上哪兒去。

「妳每次都是突然叫我出來呢。」

「幫我把小啟的畫拿來了嗎？」

「拿來了。這幅畫的落腳處決定了嗎？」

「嗯。」睽違三年後，又要重新獨自生活了。雖然我那全新的小小住所離市中心有一段距離就是了。

「謝謝你幫我保管。但是，我好像每次都用這幅畫當作見中杉先生的藉口呢。」

「那我得繼續保管下去囉。」中杉說。「好了，冬天山頂的設施全關了，我們繞一圈以後，就開下市區吧。」

「請盡量開慢一點喔。」我本想與中杉聊聊阿剛的事，實際見面後，卻覺得也沒那麼重要。中杉這個人在我傷心時，果然會散發出讓人逐漸痊癒的沉穩氛圍，只要待在他身邊，就夠開心了。

「中杉先生。」

「怎麼了？」

「那種要靠『邊走邊瞧』維持下去的生活，我已經累了。」

中杉點上菸，沒回答。

「已經沒心情繼續演戲，友情也沒了，接下來該怎麼辦？」

「那樣的話，只好跟對方拿錢好聚好散。當然也有給錢請對方別再糾纏的情況就是了。看要怎麼處理。」

我們都笑了。

「妳以前都在演戲嗎？」中杉問。

「藝術家的衝動吧。」我笑了。

「不懂演戲的人，大概就不適合了。」中杉低喃。

「啊！別說了、別說了！胸口都痛起來了！」我說。光說就幾乎要掉淚了。與阿剛兩人一起吃蘋果、還有其它的點點滴滴……

「所以，總算能回歸演員的私人生活囉。」中杉暗示著非常人能及的覺察，笑了。

車子開進了市區。

後記

本作品是昭和五十一年（一九七六年）在《小說現代》連載的作品，若能將此作視為三年前《讓愛靠過來》的續作加以閱讀，本人甚感欣喜。

撰寫《讓愛靠過來》時，我還有寫愛情羅曼史的打算，但是到了《私人生活》，我已經寫不出羅曼史，最後寫出了一篇會殘留如苦瓜般後味的小說。然而，那種苦味我是樂觀其成的。只是，那麼一來自然也對女主角乃里子之後會怎麼樣而耿耿於懷，所以近期內打算再為《小說現代》撰寫《續・私人生活》。

對我而言，男女關係是我源源不絕的趣味泉源。而且，比起波瀾萬丈的命運，反倒是人心在日常平凡瑣事中逐漸變化，那類型的情節更吸引我。

如同一滴水滴落在白布上，靜靜地擴大暈染，同時也像黃昏的絢爛色彩歸於平淡，逐漸改變的人心是多麼不可思議啊。正因為在平凡瑣事中，才蘊含著情節，我認為，沒有其他任何事物能像人心變化一般，感覺如此波瀾萬丈。

愈仔細思考就愈覺得，男人與女人是很難共處的族群。然而，似乎就是難以完全抗拒住在一起的誘惑。畢竟在這個世界上，只有一小撮單身主義者，遠遠超乎於此的壓倒性多數，都是結婚主義者（這裡說的並非制度或法律層面，而是包含所有住在一起的人）。

人類是寂寞的生物，所以才會一邊追尋著共同生活者，同時雙手總是測量著愛與尊嚴的重量，註定為此受苦。

「愛情羅曼史」與「愛情苦瓜」的小說，兩者的不同之處在於，愛情羅曼史的結局是有情人終成眷屬，而苦瓜則是在一起的兩人最後分道揚鑣的過程。

或許有人會覺得，「愛情生活」這種卑微的題材，根本不值得拿來寫成小說。但是，原本相愛、又或彼此溫柔以對的男女之間，開始出現冷言冷語時對內心所造成的衝擊，足以匹敵世界上任何一件重大事件。此外，如果一方在做夢都沒想到的時刻，被那樣的言語所傷，那也等同於犯罪。而且與普通犯罪不同，愛情問題誰都無法裁決，所以難解。

我深切期盼，本作與《讓愛靠過來》的女主角乃里子，能夠成為閱讀本書的你心靈上的朋友。

昭和五十六年（一九八一年）五月

文藝系 002

私人生活（私的生活）

作者　田邊聖子
譯者　鄭曉蘭
責任編輯　戴偉傑
美術設計　蔡南昇 周世旻
書衣裡插畫　chocolate
內頁排版　高嫻霖

總經理　戴偉傑
出版顧問　陳蕙慧
發行人　林依俐
出版 / 青空文化有限公司
台北市106大安區仁愛路四段107號7樓
電話：02-5579-2899
service@sky-highpress.com
總經銷 / 大和圖書有限公司
電話：02-8990-2588
印刷 / 前進彩藝有限公司
2015（民104）年3月初版一刷
定價 280元
ISBN 978-986-91288-2-7

國家圖書館出版品預行編目（CIP）資料

讓愛靠過來 / 田邊聖子著; 鄭曉蘭譯.-- 初版 --
臺北市：青空文化, 民104.03
304面；　13 x 18.6公分. --（文藝系；2）
譯自：私的生活
ISBN 978-986-91288-2-7（平裝）
861.57　　104000620

讀者回函卡

1.您是從哪兒得知《私人生活》的？

□書店　□網站　□Facebook粉絲頁　□親友推薦　□其他

2.請問您購買《私人生活》是為了？

□自己讀 □與伴侶分享 □與家人分享 □送給朋友 □其他

3.《私人生活》吸引您購買的原因？

□品牌知名度 □封面設計 □對故事內容感到興趣 □與工作相關
□親朋好友推薦 □贈品 □其他

4您是從何處購買／取得《私人生活》？

□博客來網路書店　□讀冊生活TAAZE　□誠品書店　□金石堂書店
□一般書店 □網路書店　□親友贈送　□其他

5讀完這期之後您會繼續購買乃里子系列續集嗎？原因又是如何？

□會，
□不會，

6讀完《私人生活》，您對本書或青空文化有什麼感想、建言或期許？

基本資料

姓名
性別：□男□女 婚姻：□已婚 □未婚
生日：西元　　年　月　日
行動電話：
E-mail：
通訊地址教育程度：□高中職（含）以下　□專科　□大學　□碩士　□博士（含）以上
職業：□資訊業 □金融業 □服務業 □製造業 □貿易業 □自由業 □大眾傳播 □軍公教 □農漁牧業 □學生 □其他
每月實際購書（含書報雜誌）花費：
□300元以下　□300~500元（含）□501~1000（含）□1001~1500（含）
□1501以上~

廣　告　回　信
臺灣北區郵政管理局登記證
第0　4　8　2　9號

平　　信

10689
北市大安區仁愛路四段107號7樓
青空文化 收

書號：BG0002

書名：私人生活